メディアワークス文庫

Missing10
座敷童の物語〈中〉

甲田学人

目　次

いつだったかの事。

「……どもー」

武巳《たけみ》がやって来て、そう控え目に言いながら美術室の入口に顔を覗《のぞ》かせると、美術室にひしめいている部活中の美術部員のうち、半分くらいが武巳に目を向けた。

「あれっ？　近藤《こんどう》君じゃん。こんなとこに来るの珍しいね」

その中から応対に出て来たのは奈々美《ななみ》だった。いつも髪に細かい編み込みを入れているのが特徴的な奈々美は、その目立つ派手寄りの見た目と、見た目に違わないコミュニケーションの押しの強さを持っているので、友達の彼女ではあるものの、武巳はほんの少しだけ苦手意識があった。

「あ、えーと、久し振り」

「ひさしぶりー。沖本《おきもと》君に用事？　あいつならそこに居るよ」

奈々美が指差す先を見ると、沖本がキャンバスを載せた台を前にして座っている。絵具《えのぐ》汚れの付いた白衣を羽織って、少し伸びた茶髪を後ろで縛り、油絵のパレットと絵筆を持って、さらに一本の絵筆を口に咥《くわ》えて、キャンバスに細かく色を乗せている。

こうして見ると、むしろ遊び人風に見える普段とは違って、意外とちゃんとした芸術系の人間に見える。

しかも描いている絵も、写実的で上手《うま》い。

空を大きく取った外国の風景だ。キャンバスを支えている台の上の方に、クリップで写真のようなものを留めて、それを見ながら描いているようだ。

「えっ、上手《うま》っ」

「あれはねー、ロイスダールの模写」

思わず呟《つぶや》いた武巳に、奈々美が説明した。

「でもまあ、模写として上手いかというと……ねえ？」

「うるへー！」

筆を咥えたままの沖本が、微妙な評価を下した奈々美に、抗議の声を上げる。

絵に素養の無い武巳から見れば途轍《とてつ》もなく上手く見えるが、美術部である二人にとってはそれほどでも無いと言った評価らしい。くすくすと笑う奈々美に不満を表明し、沖本はひとつ鼻息を吐いた。

そして言った。

「ほれより、あんのようらよ！」

何の用だよ。そう武巳に向けて。

言われて、武巳は自分の用事を思い出した。

「あ、いや、沖本に用がある訳じゃ無くて」

武巳は手にしていた紙袋を胸の辺りに持ち上げて見せた。

「さっき下で顧問の先生が……」

美術部の顧問をしている美術の先生。その先生に、武巳はたまたまこの専門教室棟の下で出くわし、呼び止められて、書類の入った紙袋を渡されたのだ。

そして言われた事を伝える。

「これを美術部に渡してといてくれって。あと、先生はもう帰るから、って皆に伝えといてくれって」

「はー!? あいつ、下まで来たのに帰ったの!?」

奈々美が声を上げた。怒りの声。さっきまで笑っていたのに急転直下。

「また!? 今度のコンクールの説明とか、参加者決めとか、あれこれ相談とか調整とか手配とかしなきゃいけないのに!!」

武巳から奪い取るように、紙袋を受け取る。そして何かの美術イベントのパンフレットらしきものの束を取り出して、険しい表情で確認し出し、その状況を見て静かだった美術部員がざわざわとし始めた。

武巳は慌てた。

「な、なんかマズかった……?」

「いや？　別にお前のせいじゃねえから」

いつの間にか道具を置いて、沖本がやって来ていて、武巳の肩を叩《たた》いた。

「うちの顧問が、部に顔出すのがメンドくさくなってバックレただけだから」

「ええ……」

その説明に、武巳は呆《あき》れる。

文芸部の顧問も熱心とは言い難《がた》いが、そこまででは無い。というか色々な友人知人から漏れ聞く限り、この学校の教師は、部活の顧問に非常に熱心な人と非常に無関心な人とで、妙に落差が激しい気がする。

さらに言えば美術の先生は、授業にも情熱があるタイプには見えない。

ただ、画家としてはそれなりに実績があって名が通っているので、それで招聘《しょうへい》されたのだとかいう話をどこかで聞いた。たぶん沖本から。

「しかもこういうの、一回や二回じゃねえから。慣れっこだから」

「ええ……」

授業でしか接点が無いが、聞きしに勝る変人のようだ。

武巳は呆れ、美術部は騒然としているが、それらの様子を眺めながら、沖本はあっけらかんと言った。

「まあ奈々美様はおかんむりだけど、俺は嫌いじゃ無いんだよね。ああいう自分の絵にしか興味が無い変人」

ははは、と笑ったところで奈々美に睨《にら》まれ、「おっと」と身を縮めた。沖本は好んでいい加減な態度を取る悪癖のある人間だが、そのぶん他人の変な行動にも寛容で、人のやる事をいちいち否定しない鷹揚《おうよう》さがあった。

その上で割と面倒見もいいので、一部から人望がある。

沖本のそんな発言だが、武巳にとって聞き捨てならない部分があった。

ああいう変人は嫌いじゃ無い、という言い分。何しろ『変人が好き』という点では、武巳は一家言あるのだ。

「わかる。いいよな変人」

武巳は頷《うなず》いた。

「でもそれくらいの変人で『嫌いじゃない』レベルなら、うちの陛下に会ったら一発で信者になるな」

ふふん、と少し自慢気に言った武巳に、沖本は即座に答えた。

「いや……別に俺、変人度が高いほど好きな訳じゃねーから」

「あれっ？」

「そんなのお前、最高レベルの変人とか、どうなるんだよ。おっかねえ……」

自信満々で登った梯子《はしご》を外されたような形になって驚く武巳に、呆れた調子で沖本。

「世界チャンピオンレベルの変人とか居たら、そもそも付き合える気がしねえよ。物には限度があんだよ」

「ええー……」

「ええー、じゃねえのよ」

そう嗜《たしな》める沖本だが、いざ実際にそんな変人が近くに居たら、沖本は何だかんだで受け入れて面倒を見てしまうのではないかと思う武巳だ。

それに。

「そう言うけどさ、美術部ってか、絵とか描く人は変人率高い印象があるけど……？」

「……まあそれはそうなんだけどよ」

武巳が指摘すると、沖本も渋々認めた。

「凄《すご》い人って居る？」

「居るは居るけど」

「まあうちの『陛下』には、なかなか敵《かな》わないと思うけどさ」

そんな事を言いながら、顧問の押し付けたパンフレットを必死で確認している美術部の面々を見回す武巳に、沖本が腰に手を当てて、しみじみと言った。

「ていうかさ――お前、ほんとにその、『陛下』ってやつ好きなのな」

そこに含まれている明らかな呆れにも怯《ひる》まず、武巳は認めた。

「そうだよ。おれ、変わった人間大好きだから。中でも『陛下』は特別だね」

「はいはい」

笑顔で答える武巳に、肩を竦《すく》める沖本。

「いつも聞かされてるよ」

「そういや、今日も面白い事があってさ」

「ん？」

「だいぶ前に『陛下』に少女漫画を薦めて読ませてたんだけど、キャラの目の中に星とか描いてキラキラにしてるやつがあるじゃん？　今日になって判《わか》ったんだけど、『陛下』あれを『目に鱗《うろこ》が入っていて現実が正しく見えていない事の表現かと思っていた』って……」

「マジか。やべえなそれ」

武巳渾身《こんしん》の仕入れたばかりの話に、流石《さすが》に沖本も笑った。

「割と間違って無い気がするのもすげえ」

「だろー」

ははは笑う沖本に、やはり何故《なぜ》か武巳が自慢気にする。

そして笑い声を聞かれて奈々美に睨まれ、また「おっと」と言って姿勢を正し、表情を澄ましたものに変えた。

そして正面を見たまま、武巳に言う。

「確かにそこまでのは居ねーわ。俺もちょっと変わってる、尊敬してる先輩は居るけど」

「おれも『陛下』の事は尊敬してるよ？」

対抗して武巳も言った。

「いやいやいや、笑ってるじゃん」

「笑ってもいるけど、それ以上に尊敬してるし」

「俺の先輩への尊敬は笑いどころ無えから。マジのリスペクトだから」

そんな事を小声で言い合っていると、「せんぱーい」と言いながら一年生の女子が二人、沖本の前にやって来た。

そして片方の小柄な子が、例のパンフレットを差し出した。

「沖本先輩、これ」

「お、サンキュ」

言って受け取る沖本。だがその一年生は、パンフレットから手を離さずに、逆にぐいと体ごと前に押し込んで来た。

「お？」

「……八純《やずみ》先輩の事でしたら、私の方が尊敬してますから」

　そして沖本を間近で見上げて、真顔で言う少女。

　その少女の後ろに居たもう一人の大人しそう子が、焦って「範《のり》ちゃん……！」と言いながら腕を摑《つか》んで止める。

「お、おう……」

　沖本は改めてパンフレットを受け取って、目の前の少女を抑えるように、あるいは降参するように、両手を胸の辺りに上げた。小柄な少女はそれを見て、大型犬を負かす事に成功した小型犬のような、ふふん、といった風の勝ち誇った笑みを浮かべながら、大人しそうな少女に背中を押されて連れて行かれた。

「……あー」

　沖本は、それを見送りつつ、隣の武巳の視線も感じつつ、どこか言い訳するように口を開いて言った。

「人間関係って、競うものじゃ無いよな？」

「確かに、あんまりいい事じゃなかったかもな……」

　毒気を抜かれて、というよりも、すっかり毒気に当てられて、武巳も思わず沖本の言葉に同意してしまう。

「お互い、尊敬してる人が居る。それでいいだろ。な？」

「うん、そうだな……」

「お互い、尊敬してる相手を大事にしようや。俺は先輩が卒業した後も、がっつり連絡取り合う気でいるし」

「俺だって」

「じゃあ一緒だな」

引き分けだ、といった空気になる二人。だが沖本はそこで、ふと思い付いたように、付け加えて言う。

「まあ、俺は奈々美も尊敬してるけどな」

「えっ」

「俺の方が人数が多い。俺の勝ちだな」

今度は沖本が、腕組みして勝ち誇った顔で武巳を見た。

「おい沖本……！」

それは無いだろ、と沖本の上着を摑もうとする武巳。沖本はひらりとその手を躱《かわ》し、勝ち逃げだとばかりに、笑いながら自分の絵まで戻って行き——そして奈々美に首根っこを摑まれて、パンフレットの積まれた席まで引《ひ》き摺《ず》られて行った。


…………………………

かの『座《ざ》敷童《しきわらし》』に関係すると思われる伝承の一つに、東北地方にて語られる『若葉の祟《たた》り』という言葉がある。

これは『若葉の霊魂』などとも云《い》う小児の霊であり、間引いて圧殺《おしころ》した子供を『ワカバ』と呼び、この祟りとして怪異が語られる場合も多かったという。そもそもこの種の〝呼び換え〟は、民俗的には祟りを為《な》す対象に対して行われる。その対象を忌むがゆえに、『間引いた児』ではなく『ワカバ』と呼び名を換えるのである。

この『ワカバ』は、時に家の者に障りを為したという。ある家では陰気な晩に、子供が震えながら奥座敷から勝手へと向かう姿がたびたび目撃され、祈禱《きとう》によってそれを鎮めるという。また、急死したり無惨な死に方をした子供も家に留《とど》まり、家の梁《はり》に棲《す》むという。この折々最期の言葉を呟き続けるという子供の霊も、屋内に棲む小児の霊体の一種である事は疑いない。

〈中略〉

また、他にも説がある。

伝承の『座敷童』が〝引っ越す〟事があるのは知られているが、実はこれに関しても陰惨な伝承との関わりが考えられている。

ある家に座敷童が入った時、多くはこのような話が語られる。『ある家に子供が入ったが、出てくる姿を誰も見なかった。その後、その家は急に富み栄えるようになった』、と。

代表的な『座敷童』の流入話だが、この話の構造はある別の伝承に酷似している。

それは村家に宿泊した旅の宗教者を殺して金品を奪う、通称『六部殺し』の伝承である。

ある家が栄えた因縁譚《たん》の一つとして、『ある家が急に裕福になったが、以前その家に六部が泊まり、しかし出てくるのを見た者はなかった』という噂《うわさ》が語られるのだ。もちろん殺された六部の祟りも同時に噂され、これらの構造は『座敷童』と全く変わる事はない。

――――大迫栄一郎《おおさこえいいちろう》『伝説・伝承の原型と変質』

間章（二）　祭司達への呼び声

厚く、暗い、幾重もの雲に塗り潰された、深夜の羽間《はざま》の空。

そんな夜の下、本当に誰も居なくなり、本当の夜闇に包まれた深夜の学校で、裏庭の池は静かに漆黒の水面を波打たせていた。

黒々とした山を臨み、煉瓦《れんが》タイルの壁に見下ろされた池は、ただただ流れ込む水を代謝させながら闇の中に息付いている。水面を数ヶ月前まで覆っていた蓮《はす》はいつの間にか朽ちて底へと沈み、今や水面は頭上の闇を映して、満々と闇の色を湛《たた》えている。

普段は誰も見る事が無い、人の目には触れない、池の景色。

今の池の姿を知る者は、誰も居ない。

もしも〝観測〟によって世界が存在するなら、ここは存在しない場所と言える。誰も見た事が無い景色ならば、それは人にとって存在しないのと同じ事だ。

存在しない池は、ただ静寂の中で小さく波打っている。

真の夜闇の中で、ただただ小さな水音を響かせて。

誰も来る筈《はず》の無い、故に存在しない、深夜の池。

しかし、その存在しない筈の場所に、存在しない筈の人間が、不意に一つの言葉と共に、突如として姿を現した。


「ここに闇あれ」


少女の言葉と共に、裏庭に広がる闇に、数十人の姿が浮かび上がった。

音も無く現れたそれら数多くの男女は、全員が若者で、しかしそれ以上の何の共通点も持ってはいない、てんでばらばらな服装と容姿をした集団だった。

だが彼等《かれら》は一様に同じ種類の笑みを浮かべ、まるで闇に溶け込むかのような、よく似た雰囲気を放っていた。それは妙に希薄で、しかし明らかに普通で無い、例えるなら人間が暗闇の中に感じる錯覚による人の気配のような、そんな奇妙な雰囲気を放っていた。

集団は一言の声も無く、池の周りに立っていた。

明かりも無く、ひたすら暗闇に包まれた裏庭に、彼等はただ同様の笑みを浮かべて、無音で立っていた。

こそりとも音を立てずに、その奇怪な集団は、裏庭の一角を埋め尽くしている。そうして奇妙に闇の中に浮かんでいる彼等の姿はどこか非人間的で、まるで人形の集団が立っているかのような、そんな無機質かつ不気味な光景を裏庭に作り出していた。

自然な微笑を浮かべたまま、しかし仮面のように動かない表情。

自然体の立ち姿も、そのまま微動だにしない様は、異常さを際だたせている。

まるで、生人形のような集団だ。だが、その刻が止まったかのような異常な光景は、再び発された最初の少女の声と共に、あたかも魔法がかかったように、生命を吹き込まれたかのように、一斉に動き始めた。

「さて、と。みんな準備はいいかな？」

少女の声は、言った。

集団から一人外れたその少女――十叶詠子《とがのよみこ》が、そう語りかけると、そこに立つ一同が一度に彼女の方へと向き直った。

詠子は池の縁石の上に立ち、そのささやかな壇上から、皆へと目を向ける。だが低い縁石では小柄な彼女の背を補い切れず、詠子の視線が一同を見下ろすには、もう少しばかり及んでいなかった。

だが、肉体の小ささは、彼女の威厳の強大さには、いささかの瑕疵《かし》にもならない。

闇の中で静かに微笑を浮かべる詠子に、一同の中から一人の男が進み出て、大仰に跪《ひざまず》くと、彼女の問いへと答えを発した。

「我々はいつでも用意ができております――我らが〝魔女〟」

男は言った。

それは言葉というよりも台詞《せりふ》と呼ぶべきもので、ひどく芝居がかった節回しと、そして動作が伴っていた。

「〝高等祭司《ハイ・プリースト》〟赤城屋《あかぎや》一郎《いちろう》、ここに」

眼鏡をかけたその男は、ひょろりと痩せて背が高く、立てば壇上の詠子を見下ろすほどの長身だった。しかしそれ以外に特徴といった特徴が無い、ひどく地味な容姿をしていて、それは芝居臭い彼の言動とはいかにもバランスが悪く、どこかぎこちない独特の動作と相まって、壊れかけた人形のような印象を見る者に与えた。

詠子はそんな赤城屋を見て、くすりと笑った。

「ずいぶん気に入ったみたいだねえ。この〝遊び〟が」

「もちろんですとも。〝魔女〟」

赤城屋は道化師のように跪いたまま、顔を上げる。

「貴女《あなた》達のような高みの御方にとっては〝遊び〟でありましょうが、矮小《わいしょう》な僕等にとってはこれは〝生〟そのもの、〝営み〟そのもの。こういう設定はとても重大です。とてもとても。我等は道を示されねば命にさえも迷う者達なのですから」

言って畏《かしこ》まる。周りに立つ一団も、合わせて神妙に頷いた。

「もう少し君達に融通が利けばねえ」

詠子は言う。

「それは持てる者の傲慢というものですぞ？ 皆、貴女のように何も無い場所に立てる存在では無いのです」

答える赤城屋。

「そんなものかな。まあ、そういう設定に決めたから、わざわざこんな時間に〝集会〟なんか開く訳なのだけど」

軽く肩を竦める詠子。

対して赤城屋は、おどけた口調で高らかに言った。

「そうですとも、我々は〝魔女の弟子〟にして〝魔女の使徒〟！ 我等が貴女という〝闇の世界の救世主《しゅ》〟を主として戴《いただ》き、こうしてここに〝サバト〟を、〝黒ミサ〟を、〝魔女の夜宴〟を執り行うのです！ 我等が！」

口調も内容もおどけているが、赤城屋の言葉のニュアンスも周りの一同の様子も、どちらも奇妙に熱っぽかった。

「さあ、始めましょう！」

赤城屋は、立ち上がった。

詠子は赤城屋の促しに応えて、微《かす》かに苦笑じみた微笑を浮かべると、小さな壇上から一同へと向き直り、皆を、闇を、ぐるりと見回した。

「――この、はじまりにしてまやかしのサバトに、幸あれ」

そして詠子は、魔女の〈信経《クレド》〉を口にした。

『幸あれ』

皆が唱和した。

「ここに〝魔女〟の言葉を聞くがよい、我等が夜へと隠せし秘密を」

『聞くがよい』

「我等は闇を、運命の径《みち》とする」

『径とする』

「今や、我等は闇より光へと踏み出さん」

『かくあれかし』

「…………」

『…………』

沈黙。

「……じゃあ、始めましょう」

詠子が再び口を開いた時、そこにあった雰囲気は、一つのものに統一されていた。

そこにあったのは、もはや生人形の群れでも白々しい道化でも無く、濃密な夜闇の中に立つ一人の〝魔女〟と、立ち並ぶ多数の崇拝者達だった。

縁石の上に立ち、静かに微笑《ほほえ》む〝魔女〟。

その背後には深い深い夜と、同じ色をした池の水が満々と広がっている。

そんな〝魔女〟が発した〈信経《クレド》〉を境に、ここは一つの〈儀式場〉と化していた。元より闇と静寂に覆われていたこの裏庭は、今や詠子という人間の孕《はら》んでいる、全く別の闇と静寂の気配とに塗り潰されていた。

元より異常であったこの〝存在しない池〟は、今や周囲の夜から完全に切り取られ、また全く別の異常な世界と化していた。あの〈信経《クレド》〉の言葉が終わって、そして広がった沈黙と共に全く別の何かが広がり、この裏庭の闇を変質させていた。

そして、変質したのは、場だけでは無い。

濃い闇の中に、多数の人間が笑っている。

数十人の男女が。それまでもよく似た表情をしていた彼ら彼女らが。今やそれぞれの顔に全く同じ形の笑みを浮かべて、暗闇の中に一言も発する事なく立っている。

楽しさ、気安さ、悪ふざけなど——そういった人間的な要素の完全に欠落した、不気味な笑顔。しかし作り物と呼ぶにはあまりにも生々しい、そんな数十の笑顔が〝魔女〟の前に並んでいる。

容貌も性別も服装も全く統一されていない集団。だがこうして闇の中に並んだ顔は、そんな個々の違いにも拘《かかわ》らず、全く同じ顔をしているのだ。皆、全く同じ形に目を細め、口の端を同じ位置まで引き上げて、鋳型で取ったように同じ形の表情をしているのだ。

まるで、〝魔女〟が手ずからに成形したように。

調律したように。それまで〝似ている〟という程度にはあった僅かな差異を、あるいは時間経過で生まれた弛《たる》みを、調整し、戻し、整え、元々あるべきだった形へと成形し直したかのように。

それは個性というものが全く失われるほど同じもので、しかしそれゆえに、一目見て鳥肌が立つほどの異常な光景だった。同じ顔をした数十人の集団。その異様な集団が見詰める中、詠子は平然と微笑を浮かべて見返し、彼等へと向けて言葉を放った。

「────はじまりにしてまやかし。これは、そんな〝集会《サバト》〟」

詠子は、まず言った。

「そろそろ、私達は始めようと思うの。準備はどんどん整ってるのに、何もしないでいる訳にはいかないものね」

詠子がそう言った瞬間、一言も発する事なく静聴していた異様な集団の中に、熱狂的で爆発的な歓喜の気配が満ち満ちた。

「────────────！」

声が伴えば、大きなざわめきとなったであろう気配。

しかし全く音の無い闇の中では、それはただただ爆発的な気配となって広がった。

無音の歓呼。それを受けて、詠子は楽しそうに笑みを広げた。はしゃぐ子供達をあやすような、にこやかな笑みで、異様な集団へと応える。

「みんな、お待ちかねだったねえ」

「────！」

おお、と無数の気配が応える。

「さあ、私達の〈儀式〉を始めよう。〝彼〟の蒔《ま》いた種は、今も次々と芽を出してるもの。ぼやぼやとはしてられないよねえ。芽が育ち切れば、もう仕上げをしなきゃ」

「────！」

音のないざわめきが、さらに応える。

「〝影〟の人達が私達を止めるって言ってたけど、まだ追い付いて来ないしね。このままじゃ詰まらないでしょ？　だからもう始めよう？」

静かな詠子の言葉に、〝群れ〟は無言で、しかし熱っぽく、一斉に頷く。

「じゃあ――まず、第一のお仕事を決めよう」

一同に向けて、詠子は言った。詠子はひしめく同じ顔の一同をゆっくりと見回すと、やがてふと目を止めて、一人の少年を指差した。

「まず、君の〝魔女団《カヴン》〟にやってもらおうかな？　一番最初の、とても重要な、これからを面白くするためのお仕事を」

「はい」

指差された少年は〝群れ〟の中から一歩前に出た。

「〝第三のカヴン〟の高等祭司《ハイ・プリースト》。広瀬《ひろせ》由輝男《ゆきお》、了解しました」

日焼けし、髪を伸ばした少年は、一礼してそう名乗りを上げると、例の笑みを浮かべたままの顔を上げた。

広瀬と名乗ったその少年は、引き締まった体格をした、スポーツマンを崩したような印象の風貌をしていた。しかし何かが欠落したような例の笑顔と動作が、快活さとはほど遠い、全くかけ離れた雰囲気を作り出している。

それは彼一人を見て、一目で異常と感じる種類のものでは無い。だがその表情を子細に見続けていると、明らかに情緒面に何かの異常を抱えている事を感じさせた。

皮一枚で形作られる表情の下に、それとは別の筋肉の動きがあるのだ。

それは時折、表情を微かに引《ひ》き攣《つ》らせ、目を泳がせるもので、彼を注意深く見る者に、奇妙な不安感を覚えさせるものだった。

　詠子は言った。

「それじゃ、私を中心とするあなた達の〝カヴン〟に、とても楽しいお仕事をあげるね」

「はい」

　広瀬は頷いた。

「〝影〟の人達にあるべきものを伝えて、それをさせない事。それがあなた達の〝カヴン〟が成すべき仕事」

「はい」

　また頷く。だが今度は広瀬と同時に、背後に立つ〝群れ〟の中のきっかり三分の一が、何の打ち合わせも無しに揃《そろ》って頷いた。

　全く同時に。それは訓練された集団というよりも、もっと別の、単純な生き物の〝群体〟を思わせた。人間の形をした、別の生き物の群れ。詠子はその様子を見て楽しげに目を細め、一同に向かって言い渡した。

「とっても大事なお仕事だよ」

「はい」

「でも、とても楽しい仕事」

「はい」

神妙に、しかし笑顔のまま、広瀬達が答える。だがそんな仮面染みた広瀬達の表情が、詠子の言葉と共に、不意に変化した。詠子は続けて、こう言ったのだ。

「そのお仕事――――〝サバト〟を、どういう風にするかは、あなた達に任せるね」

「はい」

「あなた達がどんな〝個性〟を得たのか、見せてくれる？」

詠子は、そう広瀬達に言った。

その言葉と同時に、広瀬達の表情に小さな、しかし決定的な〝歪《ゆが》み〟が生じた。


「――――はい」

そう答えた広瀬と、彼の率いる〝カヴン〟のメンバー達は、その詠子の言葉こそがただ唯一の楽しみであるかのように満面の――――それが暗く歪んだものだったとしても――――本当に心からの〝笑顔〟を、その貌に浮かべたのだった。

＊

暗い、暗い、〝存在しない池〟から、人影が消えた。
暗い朝は、もうすぐ来る。

……………………

五章　人形の帰還

1

雲の晴れない、鬱々とした朝がやって来ていた。

羽間市の空に連日居座る雲は今日も晴れず、薄汚れた綿のような色で空を覆い、朝に影を落としていた。

石畳が続く街並みは雨の日のような色をして、冷えた風の中に佇《たたず》んでいる。

風は冷たく街路樹と山の樹々《きぎ》を嬲《なぶ》り、落ちかけた枝葉が擦れ合う、寒々とした音をざわざわと立てている。

灰色を帯びた、朝の羽間の街。

それでも街はいつものように動き出し、列車と車、そして徒歩の人々が朝の空気の中を移動して行く。

石畳の道が、街の中心を通って、駅と山とを一続きに繋《つな》いでいる。

その道を、この街の最大の施設である〝学校〟に通う、沢山の少年少女達の姿が、ひときわ大きな流れとなって、山へ山へと向かって行く。

……………………

＊

木戸野亜紀《きどのあき》が学校の正門をくぐると、不意に吹いた冷たい風が、コートの裾と、長い髪を強く巻き上げた。

「……んっ」

髪を押さえた亜紀が風を見上げると、厚い雲に覆われた灰色の空に、煉瓦タイルの校舎の屋根が聳《そび》え立《た》っていた。

山にある学校から見上げる空は、厚く低く垂れ込める雲が、ひどく近くに見えている。

雲の表面は少しずつ風で動いていたが、幾重にも重なった雲は、尽きる様子も、途切れる様子も見せる事は無い。

聖創《せいそう》学院大付属高校。

その幾度となく通った正門の石畳を、今日も生徒が往来している。

亜紀は無言で空から視線を降ろすと、再び一号校舎の玄関へと続く道を歩き始める。髪を押さえていた左手が降ろされる刹那、その長めの袖口に、白いものがちらりと覗いた。

「……」

———亜紀が〝どうじさま〟の〈儀式〉を行った、あの夜が明けた。

昨晩、亜紀は独断で例の〈儀式〉を実行し、池に投げ入れた自作の〝人形〟を拾って、そのまま自宅へと戻った。

学校の裏庭にある池から、自身の『欠け』を補ってくれるという〝異界〟の存在を喚《よ》び出すという儀式。生徒達に〝どうじさま〟と呼ばれている〝それ〟を、亜紀は空目から反対されているにも拘らず、〝怪異〟の手がかりを求めて、たった一人で行った。

何もかも、覚悟の上だった。

そうでもしなければ、〝怪異〟を知覚できない亜紀は、役立たずのままだった。

このままで居る事は、亜紀にはどうしても耐え難かった。だから亜紀は自分自身を手がかりとするために、見込まれるあらゆる危険を覚悟した上で、〝どうじさま〟の〈儀式〉へと踏み切ったのだ。

手順に従って、誰も居ない時を見計らって、夜の裏庭に足を踏み入れた。

一輪の花と、消しゴムで作った小さな〝人形〟を、池に投げ入れた。

そして〝人形〟だけを拾い上げて、家に戻った。何も無かった――とは言えない。池に沈んだ〝人形〟を、水中に手を入れて拾い上げた瞬間、亜紀はまるで池の水に手首を掴まれたかのような重い感触を腕に感じて――その直後に凄《すさ》まじい不安感に駆られ、裏庭から逃げるようにして立ち去ったのだ。

その時は、何があったのかを検証する余裕が無かった。

予想していなかった現象と、人に見られてはいけないという制約。焦りと不安に背中を押されるようにして学校を出た亜紀は、山道を駆け下り、やがて家へと帰り着いた時には、ぐったりと疲れ果てていた。

アパートの階段を上がって部屋に入ってドアを閉め、カーペットの床に座り込んだ。そして上がっていた息が落ち着いた時、亜紀はようやく冷静さを取り戻し、ずっと握ったままだった左手に気が付いて、ゆっくりと指を開いた。

「……」

握り締められていた、呪術に使う紙人形によく似た形をした、小さな消しゴム人形。

自分で作った下手糞《へたくそ》な細工物。それを見ているうちに、冷静になった亜紀は急に馬鹿馬鹿しくなって、それでも一応〈儀式〉の手順には従って、人形を乱暴にクロゼットの奥へと放り込んだ。

扉を閉める。しかしその時――――亜紀は初めて、自分の腕に気が付いた。

亜紀の左手首の、池の水に摑まれたような感触のあったあの場所に――――まるで誰かに力任せに摑まれたかのような、くっきりとした青黒い痣《あざ》ができていたのだった。


「！」


そして一夜が明けた。

何故だかひどく疲れて、不安を抱えていたにも拘らず泥のように眠った夜だったが、しかし亜紀が目的としていた〝異常〟は何一つ起こらず、ただいつも通りに目覚まし時計の音で目が覚めただけだった。

物音一つ、亜紀は聞かなかった。もしかすると眠りが深くて気付かなかっただけかも知れないが、そうであったとしても亜紀にとって意味が無いという事には、正直なところ変わりが無かった。

クロゼットも検めたが、〝人形〟が消えているという事も無かった。

白い小さな〝人形〟は昨夜と変わらず、投げ込まれた時のままの状態で、クロゼットの奥に転がっていた。

ただ――――左手首の痣だけは、そのまま残っていた。

亜紀は唯一残った昨日の〝怪異〟の証拠を見て、産毛《うぶげ》が逆立つような怖《おそ》れを感じたが、それ以上に安堵《あんど》した。

昨日の池の〝怪異〟は、確かに存在したのだ、と。

亜紀は、その痣を包帯で隠した。

今はまだ、知られる訳にはいかない。これが本当に〝どうじさま〟に関わるものなのかどうか、確証が無いからだ。

あの〝怪異〟の元になっているらしい池だ。

そもそも〝魔女の座〟だ。ああして夜に踏み込んだだけでも、何か妙な事があったのだとしても、決して不思議では無い。

だから亜紀は、今まで見聞きして来た〝どうじさま〟と同じ〝怪異〟が起こったのだと確信できるまで、それを隠す事にした。長袖の上着を着て、包帯を巻いて手首の痣を隠して、亜紀は何食わぬ顔で、こうして学校へとやって来た。


「……おはよ」


そして、そんな挨拶を口にしながら亜紀が開けたのは、専門教室棟の美術室の扉だった。

木村圭子《きむらけいこ》の事件が落ち着いている今だったが、それでも一応経過を見るために、しばらくは朝一番にこの場所に集まる事になっていた。

いつまでもうっすらと充満して消えない、化学洗剤の臭い。そんな美術室の中にはすでに美術部員である沖本と圭子が居て、また珍しい事に妙に早くから姿を見せている、武巳と稜子《りょうこ》の姿もあった。

「あ、おはよ。亜紀ちゃん」

「ん」

稜子が口火を切って、皆が口々に挨拶を返す。

皆が集まっている大机に近寄り、亜紀は肩にかけたバッグを降ろす。

椅子を引き出して座りながら、亜紀はちらりと圭子に目をやった。制服姿の圭子は相変わらず俯《うつむ》き気味で、その長い前髪が表情の上半分を隠していた。

「……」

その姿を見て、亜紀は微かな苛立《いらだ》ちと共に目を細めた。

圭子は〝どうじさま〟の〈儀式〉を行って自室で〝怪異〟に遭い、今は友達の部屋かどこかに避難している身の上だった。

そのひどく消極的な態度は事あるごとに亜紀の気に障るのだが、亜紀はすぐに反感を納めて圭子から視線を外した。なぜなら圭子はすでに安全圏に出てしまっている人間で、そんな人間に拘泥しても亜紀にとっては無意味だったからだ。

　だから、亜紀は圭子を無視した。

　圭子を無視して他の三人へと目を向け、亜紀は訊《たず》ねた。

「恭《きょう》の字は、まだなわけ？」

「うん」

　その亜紀の問いに、稜子が答えた。

「村神《むらかみ》クンも、まだ来てないよ」

「そ」

　亜紀は短く答えて、髪をかき上げる。

　だが、その途端に稜子が小さく声を上げた。亜紀はその声に釣られて稜子へと目を向け、そして小さく顔を顰《しか》めた。

「……あれ？」

　稜子の見ているものが、判ったからだ。

　目を丸くした稜子は、亜紀の左手首を見詰めていた。包帯。

「亜紀ちゃん、それ、怪我《けが》？」

「……」

　心配そうに言う稜子に、亜紀は内心で舌打ちした。

　稜子は妙な所で目聡《めざと》い。しくじった。一瞬だけ逡巡《しゅんじゅん》した亜紀は、特に興味なさそうな、曖昧な表情を作って、さらりと答える。

「……ちょっと引っ掛けただけ。別に大した事ないよ」

「大丈夫？」

「別に。痛くもないし」

これは本当だ。痕は目立つが、最初から痛みなどは全く無かった。

だからこそ、不用意に手を動かして、包帯を晒《さら》してしまったのだ。自戒する。気を付けなければいけない。

まだ、この痣を不審に思われる訳にはいかなかった。

だから亜紀は早々に、包帯の話から話題を逸《そ》らそうとする。

「それはいいんだけどさ」

亜紀は言う。

「え、なに？」

「昨日も大丈夫だったわけ？　この子は。その話してたんでしょ？」

亜紀は圭子を目で示した。実際は圭子の事など全く興味が無かったが、ここに集まっているのはその話が本分だ。話を逸らす話題として都合が良かった。

「あ、うん。そうそう」

素直に誘導に引っ掛かって、稜子は答える。

「大丈夫みたい……ね、沖本クン」

「おう」

茶髪、長髪の沖本が、笑顔で頷いた。

「だよな、木村ちゃん」

そして隣に座る圭子を促すように見やるが、俯いて黙ったままの圭子に苦笑する。気弱な妹を持つ兄のような表情で、沖本は亜紀に言う。

「まーったく。どいつもこいつも世話が焼けるよな」

からからと笑う。

少し前の一時期に比べれば、見違えて明るくなった沖本の表情。今までの不安から解放されたためか、反動のように明るい、過度に軽薄に見える彼独特の笑顔を浮かべて、沖本は隣の圭子と、それから武巳の方を見やる。

「武巳の奴も最近、すげえ朝が弱いしさあ」

「えっと……悪りぃ」

言いながらも生あくびをする武巳。

「ほらこれだよ。木村ちゃんも、もう少ししっかりしなきゃなあ」

「……」

対する圭子は少しだけ顔を上げて、小さく頷いただけ。

「あー、もう。しょうがねえなあ」

沖本は笑顔で、大袈裟《おおげさ》に溜息《ためいき》を吐いて見せる。

本気の悩みでは無く、話題としてのポーズである事は明らかだった。妙に明るくわざとらしい、嘆息のパフォーマンスをひとしきり見せた後、沖本は圭子に目をやったまま、再び改めて口を開いた。

「ま、そんな訳で、木村ちゃんはもう大丈夫みたいだ」

「そ」

内心の興味なさを隠して、頷く亜紀。

「ああ、色々教えてくれて感謝してる」

ふとそこで、沖本は不意に、少しだけ真面目な表情になる。

「結局、俺達だけじゃ何も分からなかったし、何も思い付かなかったからなあ。また木村ちゃんまで……あの……ほら……八純先輩とか、奈々美とかさ……あんなふうになったらさ、やっぱ嫌じゃん。やっぱさ」

少し口籠り、それでも沖本は最後までその言葉を口にした。

「水内《みずうち》ちゃんも赤名《あかな》ちゃんも、ほら、あれだからさ。もう……俺達しか居ないしさ」

「……………」

それに対して亜紀は何も言えず、言うつもりも無かった。一瞬場が沈黙し、微かに気まずい空気が、部屋に流れた。

微妙な空気。

しばらく誰も言葉を発しなかったが、そんな中、やがて武巳がぽつりと口を開いた。

「……兄弟、みたいなものだった？」

武巳は言った。

その意味と意図を掴みかねて、その場の皆が、武巳の顔を見た。

「え？」

「あ……いや、さ……」

武巳は視線を落としていたが、皆の視線で初めて自分の口から言葉が出ていた事に気が付いたように、慌てて手を振った。特に圭子までもが顔を上げて自分を見ている事に、しどろもどろになって自分の発言を説明する。

「いや、前からさ……なんか美術部の皆は仲が良過ぎて、兄弟みたいな関係に見えたな、って思ってたから……」

武巳は言う。

「ほら、木村さんなんか、水内さんの妹みたいに見えたし……」

「……」

少しは納得する部分もあったが、場の雰囲気はますます重くなった。沖本は寂しげな笑みを浮かべ、圭子はますます深く視線を落とし、武巳は完全に何を言っていいか判らなくなったようで、助けを求めるような目をして周りを見回した。

稜子が、執り成すように割って入る。

「あ、ほら、でも……とにかく、今は、何も起こってないんでしょう？」

焦りつつ言う。

「だから、ほら、大丈夫だよ。これからの事を考えよう？」

最初は自分でも何を言ってるのか判らない様子だったが、だんだんと稜子の言葉はしっかりとして来る。

「ずっと部屋から避難してるのは大変かも知れないけど、そのうち魔王様が何とかしてくれるから」

「……」

「だから大丈夫。安心して？」

「…………はい」

最初は話題を変えるためだったが、それでも努めて明るく熱っぽい、稜子の真摯な語りかけに、圭子が小さく頷いて答えた。

「だってよ」

沖本が、圭子の肩をぽんと軽く叩いた。

武巳があからさまにほっとした表情をした。そしてそんな時、美術室の扉が不意に、音を立てて開かれた。

「────皆、来ていたか」

立っていたのは、空目《うつめ》恭一《きょういち》。

それから付き従うように立つ、村神俊也《としや》。

たったいま稜子が話題にした人物が、ようやく登場した。二人は美術室の中に漂う空気を意に介さず、つかつかと無遠慮に踏み込むと、無表情に一同を見渡した。

2

全員が揃った、朝の美術室。

「……そうか」

その黒ずくめの痩躯《そうく》を席の一つに納めた空目は、沖本から圭子についての短い説明を受けると、そう一言だけ呟いた。

空目は上座で腕を組み、無感動な目で何も無い空間を睨んでいる。俊也は代わり映えのしないブレザー姿の長身を椅子に預け、不機嫌そうな表情で眉を寄せている。

あやめは、今はこの場には居ない。

圭子は相変わらず俯いたままで、代わりに状況を説明した沖本は、空目の反応を見るように沈黙している。

しかし思案気な空目がそれらに対して何かを言う事は無く、部屋にはしばしの間、沈黙が降りた。結局、空目は「問題なし」という圭子に関する報告を無表情に受けただけで、特に何かコメントする気は無いのは明らかだった。

「当然、って口振りだね。恭の字」

亜紀は、そんな空目に、言葉をかける。空目がこれ以上なにかを言う必要性を感じていない事が亜紀達には判ったし、亜紀ならばそれに納得もするのだが、おそらく沖本と圭子はそうでは無い。

「ああ。部屋にさえ居なければ、問題は無い筈だ」

応じて、素っ気なく答える空目。

「完全に、最も安全な想定の通りだ。言うべき事も全く無い」

「そ」

本当に素っ気ないコメントだが、必要な分は引き出した。そう考えて短く頷く亜紀。明らかにほっとした様子を見せる沖本。

それを言った空目だが、既に圭子の事からは興味を失っているかのようにも、亜紀の目には見えていた。全く別の事を考えているようにも見える。しかし亜紀のかけた言葉の意味は正確に汲《く》み取《と》ったらしく、沖本と圭子の方を向いて、現在の状況を踏まえての結論と注意の言葉を口にする。

「現状はこのままでいい。だが、油断するには早い」

そう空目は言う。

「しばらくの経過観察は不可欠だ。全てが仮説と経験則を元に行動している以上、絶対という事はあり得ん」

断定的でありながら慎重な答え。沖本が「ああ、もちろん分かってる」と応じ、それでも安堵を抑え切れない表情で頷く。

「……」

亜紀は、そんな空目の答える様子を見ながら。

空目が——自分に対して不審を感じている様子が無い事に、密《ひそ》かに安堵していた。

まだ何も起こっていないうちから、昨日の事がばれては意味が無い。明かすのは引き返せなくなってからだ。第一の関門を突破した亜紀は、大机の下で左手首を押さえて、誰にも気付かれないように、小さく息を吐いた。

沖本はそんな亜紀の思惑など知らず、一人胸を撫《な》で下《お》ろしている。

「いや、ありがとな。感謝してるよ」

まるで自分の事のように感謝する沖本。しかしその当事者である圭子は、沖本の隣で俯いたまま、何も言わずに沈黙していた。

「あー……木村ちゃんはこんな感じだけどさ、これ、いつもだから」

さらにそんな圭子をフォローする沖本。

「悪い。でも、こんなでも木村ちゃんも感謝してるからさ」

「問題ない」

沖本の言い訳染みたフォローに、遮るような返答を空目は返す。

「そ、そっか……」

戸惑った表情で、沖本は口をつぐむ。余計な会話を好まない空目の言動は、普通に人付き合いをしようとする人間には不安を感じさせる。

亜紀は口を挟んだ。

「で、どう？　恭の字」

「ん？」

何でもいい。会話を続ける事が、この場には必要だと考えた。沖本達にここで余計な不安感を与えるのは、様々な意味で得策では無い。少なくとも空目には、今しばらくは沖本達の問題と向き合って貰《もら》わなければならないのだ。

亜紀に訊ねかけられた空目は、不可解そうに眉を寄せた。

「……どう、とは何がだ？」

「根本的な解決に向けて、何か新しく判った事とかはある？　進捗の報告があると、もっと安心すると思うんだけど」

「む……」

亜紀が言うと、空目は一瞬、思案する様子を見せる。

そして答えた。

「……あれから調べてみたが、今回の〝どうじさま〟のように人間に利益を与える〝怪異〟は想像以上に数が多いな」

「へえ」

「いや、数が多いというよりも、元々〝怪異〟が持つ側面の一つが、そもそもそれなのだ、と言うべきかも知れんな」

「……どういうこと？」

問い返す亜紀。これはポーズでは無く、普通に意味が解《わか》らなかった。

「俺は前に、人を利する怪異の代表的なものとして『座敷童』を挙げたな？」

「〝怪異〟が棲み着いた家が富み栄えるという、このタイプの伝承では『座敷童』が最も有名だが、前にも言った通りこの『座敷童』という存在は話によって姿が一定しない」

思わず耳を傾ける一同に、空目は淡々と説明を始めた。

「同じ『座敷童』の名で呼ばれるものでも、それは一般的なイメージとなっている幼い子供の場合もあれば、全く別の、例えば赤い皮膚をした小人や、老人の姿をしている場合もあるのだと記録されている。もう少し踏み込んで言うと、昔話に出て来る『福の神』を『座敷童譚』に含める事も可能かも知れないと俺は考えている。『福の神』は『座敷童』と同じには語られないが、家に住み着くと福をもたらし、去ると没落するという点で、存在としては『座敷童』とほぼ同じものだと言っていい」

「……言われてみると、確かにそれはそうだね」

「また『座敷童』は怪奇な姿で語られる場合もある点に注目すると、なお『神』との共通項が増える。家の守り神である竈神《かまどがみ》や厠神《かわやがみ》などは、容貌が損なわれていたり四肢が欠損していたりと、健常体である事の方がむしろ少ない。そして神々と妖怪というのは、かつては区別されていなかったのだそうだ。それを示すように、家に棲み付けば富をもたらすと語られている存在として、『河童《かっぱ》』などもそう言われていた」

「河童？」

「そだね」

予想もしない名前が出てきて、亜紀は思わず首を捻《ひね》った。

「河童……って、あの水の中に居るっていう、あの河童？」

「そうだ」

空目は頷いた。

「一例では、熊本あたりの伝承でそのように語られているという」

「へえ……」

「そもそも河童というものは、民俗学的には水神の眷属《けんぞく》、あるいは水神や山神そのものだと考えられている。民俗学者 柳《やなぎた》田国男《くにお》は妖怪を『神の零落したもの』と定義したが、河童は極めて典型的な例だ。日本においては、神々と妖怪は同じものだった。どちらも利益を与える場合もあれば、害を為す場合もあった。

で――――だ。家や人に憑《つ》き、利益をもたらすが、去った後は家が没落する、という怪異的存在の例は、日本だけに留まらない」

空目は腕組みし、その片方の手で、指を一本立てた。

「利益と破滅をもたらす怪異は、当然だが他の国にもある。イギリスの『光小僧』は、もう前に話したな？　他に取り憑いた者に芸術的霊感を与えて大成させ、しかし生気を奪って早死にさせる妖精『リャナンシー』も、結果を見れば影響は同じと言えるだろう」

「……」

亜紀はその単語にぎくりとする。周りに気付く者は無い。

「ただそれらは、分類するならば〝怪異〟、あるいは〝妖怪〟や〝妖精〟だ。現出するのに特別な理由や手順を必要としない独立した存在と言える。しかし、関連すると思われるものの中に、今回の〝どうじさま〟と同じく現出に当たって〈儀式〉を伴うものがあった。それはある種の『術』、いわゆる〝呪詛《じゅそ》〟にまつわる存在だ」

武巳が思わずといった様子で呟いた。

「じゅ、呪詛？」

「そうだ。つまり〝呪い〟だ」

聞いている沖本の表情が、少し引き攣った。

「呪いって……」

「ああ。中国の呪術、その中の〝蠱毒《こどく》〟という昆虫や動物を用いる術で、名を『金蚕蠱《きんさんこ》』という。金蚕は伝説では石の中に棲むとされる特殊な虫で、術者はそれを密かに飼育する。この虫を飼う者は富を得るが、やがては破滅と死に至る。丁度『座敷童』と〝どうじさま〟の構造を持った話だと思わないか？」

「……！」

武巳も沖本も、言葉を失っていた。

今までろくな反応を見せなかった圭子すらも、微かに身を固くしたのが見て取れた。

そんな一同に対して、空目の講義はさらに続く。

「そして、だ。『座敷童』には〝凶事の先触れ〟として出現するものもあると言ったが、これを取り上げた場合、国を問わず枚挙に暇が無い」

「…………」

「例えば西洋でも『ウィル・オ・ウィスプ』、あるいは『ジャック・オ・ランターン』などと呼ばれる〝妖し火〟の類があるが、こうした火の怪異は、日本でも凶事の前触れと言われている。また家に憑いている形の〝先触れ〟も数が多く、有名なものでは『バンシー』という名前を聞いた事が無いか？　ある特定の家に代々出現する泣き叫ぶ女の亡霊だが、これが出現すると当主の死や、他の様々な凶事が起こると言われている。メキシコにも『ラ・リョローナ』という泣き叫ぶ女の亡霊の伝承があり、目撃すれば死の前触れだ。

ヨーロッパには特定の屋敷《やしき》や城に現れる有名な亡霊がいくつもあるが、多くが凶兆だ。イギリスのアランデル城に現れる白い鳥の幻は、一族の死を予言する。そもそも世界中どこであっても、通常〝怪異〟というものは凶事を予感させるものだ。仮に一時的な富貴や成功をもたらしても、遂《つい》には死や破滅が待っている。守り神と言われる『座敷童』や『福の神』でさえ、去れば後にやって来るのは没落だ。そもそも『座敷童』が幸福をもたらすというのも、それらを踏まえるとただの〝前段階〟なのではないかと疑う事もできる」

「…………」

感情に乏しい空目の語りは、淡々とした説明にも拘らず、否、むしろそれ故の凄味《すごみ》を醸し出し、円居する一同の間には何か冷たい空気が張り詰めていた。

「さらに、だ」

「う……」

武巳が呻《うめ》く。

「まだあるんだ……？」

「ある。『座敷童』と同じ構造の〝怪異〟が、もう一つ」

空目が無情に、目を細める。

「それは……？」

「それはな────」

空目はそこで一拍置く。

そして言った。

「────『憑《つ》き物《もの》筋』だ」

「っ！」

皆の中の誰からか、息を吞《の》む音がした。

「『憑き物筋』。特定の家に憑き、家を富ませる超常の存在にして、その周囲からは忌み嫌われる〝怪異〟であり〝呪詛〟。『憑き物筋』は民俗学者が『座敷童』を語る際には引き合いに出さざるを得ない『座敷童』の裏面と言える存在だ。『蛇神』『猿神』『犬神』、そして『座敷童』。どれも細かい差異こそあれど、家に富をもたらすが、同時に恐ろしい〝怪異〟でもある。俺の考えでは、ほぼ同じ構造をした同じ種類の〝怪異〟と言っていい。そして先ほど言った『金蚕蠱』は、ほぼ『憑き物筋』と同じ存在だ。

中国の呪術体系に照らせば、『憑き物筋』は完全に〝蠱毒〟に分類される。どちらも何らかの生き物を元にした超常の存在を飼育する事で、他人を害し、自分を利する目的の術だ。『憑き物筋』は周囲の人間に危害を加え、他人から財産を盗む。『金蚕蠱』はその猛毒で殺した人間の死を糧にして、他人から財産を盗み出す。どちらも制御は受け付けず、それをしないという選択はできない。もしそれをすると術者は破滅する。また『憑き物筋』に生まれれば生涯にわたって憑き物がついて来て、逃れる事も消す事もできない。『金蚕蠱』はいかなる方法を用いても殺す事ができず、手放すためには大量の金銀と共に道に打ち棄《す》てて、誰かに拾わせる事で押し付けるしか方法が無い」

「……！」

亜紀はその空目の言葉を聞いて愕然《がくぜん》とする。もしかして息を呑んだ音は、自分の喉から聞こえたのだろうか？

「憑き物筋……」

思わず亜紀に目を向けた、武巳の呟き。

「……亜紀ちゃん？」

稜子が、亜紀の顔を心配そうに覗《のぞ》き込む。

亜紀はその瞬間に、持ち前の激しい気性が働いて、瞬時に気を取り直した。そして稜子と武巳に、反射的に睨むような視線を向けた。

「だ、大丈夫……？」

「何が。もう終わった事でしょ」

亜紀は言い放った。

そして空目の目を避けるように、沖本達の方へと視線をやる。

沖本は何の話がされているのか判らずに、きょとんとした表情をしていた。圭子はやはり下を向いているが、改めて見るといくらか顔色が悪くなっていた。

空目を見る。

空目の目は、いつもの無感動なものだった。

まさに『憑き物筋』について話をしながらも、まさに『それ』である亜紀には関心を向けていない目。無関係な物を徹底的に切り分けている目。亜紀は、その無関心を見て安堵に胸を撫で下ろし――――そして同じ胸に、微かな痛みを、じくりと感じた。

「恭の字」

平静を装って、亜紀は言った。

「何だ?」

「『座敷童』の事はまあ判ったけど、肝心の話をしてない。この子がこの先、危ない事になる可能性はどれくらい?」

言いながら、亜紀は圭子を視線で示す。

「……今のところは、避難で対処できているようだ」

やはり関心事では無いのだろう、亜紀の問いを聞くと、空目は急に説明の言葉を減らして短く答えた。

「なら問題ない」

「だってさ」

亜紀は空目の答えを受けて、圭子に向かってそう言い——————圭子は「はい……」と小さな声で、ただ一言、それだけ返事をした。

3

「——————」

朝の美術室で、木村圭子を囲んで皆が話をしている。

「――――」

「――――――」

「―」

じっと俯いている圭子の周りで、いくつもの言葉が発され、流れ、素通りして行く。

「――――――――――」

周囲を素通りして行く会話の中、圭子は俯き、自分の膝に乗せた握り拳だけを、じっと見詰めている。周りに居る人の姿は、視界を覆うように垂れ下がった前髪に隠されて、圭子の世界は黒髪のカーテンによって周囲から切り取られている。

「…………」

圭子は自分の中に閉じ籠り、鬱々と物思いに耽《ふけ》っていた。

周囲で話されている言葉は耳にこそ聞こえているが、圭子の心には、実感のあるものとして届いてはいなかった。

　圭子はただひたすらに、自分の中に沈んでいた。

　これが失礼な事で、また圭子のために集まっている皆に対して印象が悪いだろうとは判っていたが、それでも圭子はこうやって周囲から心を閉ざす事でしか、自身の平静を保つ方法が判らなかった。


「…………」


　全ては――――圭子が未《いま》だに避難せず、自室で生活している事が原因だった。

　皆が出しつつある結論に反して、圭子は未だ、〝怪異〟の渦中に居残っていた。

　昨日も圭子は、寮の自室で夜を過ごしている。夜な夜な怪現象が起こり、まさに現象の元凶だと言われていて、ここから避難さえしていれば何も起こらないと言われている、また確認もしている、寮の自室にだ。

　泊めてもらう友達が居ないと、皆に言い出せなかった事が全ての始まり。

　それから圭子は皆に嘘《うそ》を吐いて、ずっと自分の部屋で夜を明かしていた。

　圭子には幽霊や怪現象と同じくらい、生きている他人の目が怖かった。他人に異常視されるのも、叱責されるのも、圭子にとっては充分に、〝怪異〟と天秤《てんびん》にかけられるほどの極めて重大な恐怖だったのだ。

だから、圭子は黙って自室に帰っていた。

しかしそれゆえに、皆が話している内容に耐えられなかった。

ここで話されている事は、全て、圭子の避難を前提にした話だった。怪異の話も、呪詛の話も、現状の分析も先の予想も、圭子が部屋へは帰っていない事を前提にした、ある種の安心を前提に話されている話なのだ。

もう圭子が関わっていないからこそ語られている、忌まわしい話。

専門家がその知識から詳細に話す、『事件』『妖怪』『怪異』『呪詛』。

圭子が帰ると、『それ』が部屋で待っている。

その部屋で圭子は、たった一人、夜を過ごす。

そこには〝怪異〟が現れる。進行する。

やって来る。近付く。そして——次は。


「…………」


怖い。

恐ろしい。

しかしだからこそ、尚更《なおさら》もう、自分の嘘は言い出せなかった。

皆は驚くだろう。焦るだろう。呆れるだろう。そして怒り出すだろう。非難轟々《ひなんごうごう》で大騒ぎになる筈だ。火を見るよりも明らかだ。

それが圭子は、心の底から嫌だった。

もう、言い出せない。助けを求める事も、もちろんできない。

だから圭子は俯き、全てを遮断して閉じ籠った。後に残っているのは『恐怖』だけ。圭子は周りで話されている会話を聞き流しながら、進行しつつある昨日の〝怪異〟を、鬱々と、鬱々と、鬱々と――――心の中で反芻《はんすう》していた。


「…………」


昨日も、それは起こった。

昨日の夜、一人ぼっちの部屋でベッドに入った圭子は、暗闇に怯《おび》えながらも、落ちるように眠りについた。

夢も見ない、黒い泥の中に居るような眠り。

だが、いつの間にか引き込まれていたその眠りから、圭子は冷たい夜の中に、不意に意識が引き上げられた事に気が付いた。

「ん……」


自分が寝ていた事も、目を覚ました事も、最初は判らなかった。

ただ冷たい夜気と、部屋に満ちる闇の中で、ぼんやりと圭子は目を開けた。

暗い部屋の光景が、視界に広がる。そしてその光景の中で圭子の目に入ったのは、夜闇の中で細く口を開けた、部屋のクロゼットの扉だった。


「！」


声にならなかった。

しっかり閉じてあった筈のクロゼットが、うっすらと口を開け、その奥にわだかまる濃密な闇が顔を覗かせていた。

何かがそこから出て来たのだと、直感した。

それはクロゼットの中から知らぬ間に這《は》い出《だ》して、今この部屋の中に、この部屋に広がる闇の中のどこかに潜んでいるのだ。


「…………！」


目が、思わず部屋の中をなぞった。

暗闇。

虚空。

陰影。

しかしそれらを確認した直後――もし本当に何かが見えたらどうするのかという怖れが、頭の中に広がった。

「っ！」

慌てて目を閉じようとした。だができなかった。

何故なら圭子の目は、その時すでに、部屋の中にあったある一つの異常を見付けてしまっていたからだ。

見てしまった。

明らかに異質な色彩が、ぽつんと床に、小さく存在していた。

それは――小さな白い点。

そこにある筈の無い物体だった。それは紛れも無く、クロゼットの中から忽然《こつぜん》と消え、とうとう見付ける事ができなかった、圭子がその手で作り上げた小さな〝どうじさま〟の消しゴム人形だった。

「…………………!!」

そして、朝を迎えた。

いま圭子は、沖本先輩と文芸部の皆が話し合いをしている中、じっと俯いて、自分の足下に覗いている椅子の下の荷物を見詰めていた。

そこには圭子のスポーツバッグが置いてある。

膝の間から一部だけ覗いている、それ。圭子の意識は先程から、その中に入っている筈の物に、ずっと向けられている。

「……」

じっ、と俯いて、見詰めていた。

この中に、入っている。

あの――〝人形〟が。

白っぽい水色の消しゴムを、カッターナイフで削って作った圭子の〝人形〟。腐っても美術部員であり、手先も器用な圭子自身が、彫刻するように人の形を削り出した、〝儀式〟のためのあの〝人形〟だ。

一度クロゼットの中から消え、〝それ〟は、戻って来た。

昨夜、圭子は床の上に居る〝それ〟と、部屋に朝の光が入って来るまでの間、ずっと見詰め合っていた。

恐怖で硬直したまま。

身動きする事も、目を離す事もできずに。

少しでも動けば、目を離せば、〝人形〟に何をされるのか。

そんな恐怖と共に、瞬きするごとに血を凍らせながら、圭子は一睡もできずに、ベッドの上で夜を明かしたのだ。

そして、朝になって。

朝の明かりによって、ようやく張り詰めた空気が弱まった部屋で、圭子はゆっくりと立ち上がった。

夢でも何でも無く、床に落ちている〝人形〟。

恐る恐る拾い上げた。そして間違い無く自分が作った〝人形〟だと確認すると、教科書を入れているバッグの中に急いで放り込み、すぐさま口を閉じて、夜が明けたばかりの早朝である事も構わずに、身支度もそこそこに、寮の自室を飛び出した。

一刻も早く、この〝人形〟を部屋から引き離したかった。

何しろこれが、全ての始まりなのだ。

とにかくその時は、それしか考えていなかった。そしてどこに捨てようと、寮のホールや学校の敷地《しきち》を当ても無くうろついて——結局こうしていま美術室に、圭子はまだ〝人形〟と共に居るのだった。

どうすればいいのか、全く判らなかった。

部屋に戻す訳にもいかず、かと言って自分の身からも一刻も早く離したい〝人形〟が入ったままのバッグを、圭子はただ俯いた格好で、鬱々と見詰めていた。

あれから考えたが、どうやって捨てればいいのか判らなかった。

あれから一度もバッグを開けていない。見たくない。できるなら、もうあの〝人形〟の姿を自分の視界に入れずに済ませたい。それに一度消えていたのに何処《どこ》からか戻って来た〝人形〟を、その辺りに適当に捨てたとしたら、それが二度と戻って来ないなどと信じる事は圭子にはできなかった。

「……」

ただ、バッグを見詰め続ける。

かと言って必死で方策を考える訳でも無く、圭子の生来の弱さが無気力さとなって、「どうしよう」の一言すら心の中に浮かばせない。

呆然《ぼうぜん》と、見詰め続ける。

それだけしかできない。圭子の周りでは、河童がどうしたなどという話をしていて、圭子は一応それらを聞いてはいたが、俯いた圭子の視界も頭も、足元に置かれた一つのバッグの事で精一杯だ。

中にある〝人形〟の事で、一杯だ。

記憶に浮かぶのは、池の中から拾い上げた、あの〝人形〟の姿。

青白く濡《ぬ》れたそれは、確かに河童か何かの、怪物の肌を思わせなくも無い。そうでなければ水死体の肌だ。

池に沈んだ異形、あるいは水死体。

それを模した〝人形〟を、池の底から掬《すく》い上《あ》げる自分。

全ては、あの時に始まった。

あの池から、拾い上げた時にだ。

あの池から――


「…………」


ふとそこで、圭子は思い至った。

この〝人形〟を捨てる場所の、心当たりにだ。

気付いた。一つの道理に。

いや、あまりに安易かも知れない。だが何にせよ、このままバッグに入れっ放しのまま、いつまでも過ごす訳にはいかないのだ。

学校が終わって寮に帰るまでに、どうにかしなければいけないのだ。

それならばもう、そうするしかない。それ以外に何も思い付かない。

そんな風に考えるうちに、圭子の中で、思い付きは徐々に確信へと変わって行く。

それしか無い。

それ以外に無い。

返してやればいい。

池から来た〝人形〟は――――

またあの池へと、返してやればいいのだ。


そう。

そうだ。圭子は決めた。心の中で決心した。

この〝人形〟を、あの池へと返そうと。池の中から連れて来た〝どうじさま〟は、池の中へと還《かえ》そうと。

他に、〝どうじさま〟を捨てられる適切な場所など無い。

思い付かない。そうするしかない。だがこの思い付きは天啓に思えた。

天啓。希望。きっと〝人形〟を追い出す事ができるという希望。きっと部屋から〝怪異〟は居なくなり、また平穏な部屋が戻って来るだろうという、希望。

「……」

そうなればいい。いや、きっとそうなってくれる。

足元に置かれたスポーツバッグ。その中にある〝どうじさま〟人形。

捨てよう。池に。忌まわしい〝人形〟を。圭子はそんな決心を胸の中で密かに固め、〝どうじさま〟の入った自分のバッグを、今までのように俯いたまま、しかし今までとは違った目でじいっと見詰めた。

——その時だった。

ぞくっ、と鳥肌が立った。突然、周囲の温度が一気に下がったような異様な感覚が、皮膚一面に広がった。

「!!」

それは今の圭子にとっては既知の感覚で、何が起ころうとしているのか、瞬時に圭子はその場で悟った。体中の産毛が逆立つ、撫《な》で上《あ》げられるような不快な感覚。この全身に纏《まと》わりつくような、停滞した冷気は。

うそ……

圭子は思っていなかった。こんな時に、こんな場所で。

考えもしていなかった。日中に、皆と一緒に居る時は安全だと思っていた。

だがしかし、この感覚は、紛れも無く。

部屋で起こっていた〝怪異〟の前触れ、そのものだ。


「…………………………！」


圭子は、その場で俯いた姿勢のまま、凍り付いた。

前髪のカーテンで切り取られた圭子の世界には、ただ自分と、足元にあるバッグと、周りから聞こえる遠い会話だけが、取り残された。

空気が変質したかのような異様な冷気が満ちていたが、周りは何も無いかのように、会話を続けていた。自分の前髪に隠されて姿が見えない会話の主達は、この異常に気付いていないのか、ただ延々と議論を交わし続けている。

何か、ひどく白々しく聞こえる、遠い会話。

声は淡々と、今まさに〝呪詛〟についての話を語っている。

圭子はこれらの声が、今まで周りに居た、沖本や文芸部員達のものなのか、確信が持てなくなって来ていた。姿が見えず、気が付けば気配も無い周りの者達は、ただ圭子の世界に声だけを響かせて、圭子を置き去りにして会話だけを進めていた。

ひどい疎外感。

まるで誰も居ない広大な部屋に、ただ一人閉じ込められたような感覚。

周りでただ続く会話は、圭子の違和感を、ひたすらに煽《あお》る。いま顔を上げたら、会話ばかりが残されていて誰も居ないような、そんな気がして、圭子は顔を上げる事を恐れて、また聞こえる会話に恐怖を感じていた。

いつの間にか、圭子は別の世界に放り出されていた。

自分の視界にあるバッグと、そして座っている椅子を残して、圭子の周囲は、全く別の世界に変わっていた。

話す者の無い会話が白々と流れる、冷気の満ちた、あまりにも広大で異様な部屋。そんな気が狂いそうな部屋の真ん中に、ぽつんと一つのスポーツバッグと共に、たった一人で、圭子は放り出されていた。


「…………………」


圭子はただ一人、異常な世界で俯いていた。

目を見開いて、自分の足元のバッグに、視線を固定したまま。

周囲の会話が、次第に意味不明なものになって来る。聞こえても意味の判らぬ言葉は徐々に人間の言葉から逸脱し始め、やがてもはや聞き取る事もできない、異様な言語へと変質し果てて行く。

「――――――――」

圭子は、ただ膝の上で両手を握り締めた。

「――――」

「――――――――」

瞬きも忘れ、自分の呼吸の音がいやに大きく聞こえる、異様な時間は過ぎる。

「――――」

「――――――」

「――――」

言語とも音とも判別が付かない異界のモノの〝聲《こえ》〟に包まれて、圭子はだんだんと、何も考えられなくなる。

そしてひたすら続く、狂気染みた〝会議〟が、圭子の意識を誘導するように音を響きを変えて行き——————やがてその声が遠く彼方《かなた》へ消えた果てた時、圭子の目は一つの〝異常〟を見付けて、それから目を離す事ができなくなっていた。

「……」

それは、圭子のバッグ。

足元に置いた圭子のスポーツバッグの口が、微かに開いていた。

こんな開口部は、今まで存在しなかった。最初にファスナーを閉めた時も、今までバッグを見詰めていた時も、バッグは開いてなどいなかった。そもそも圭子は〝人形〟を入れた時点から、決して中が見えないように念を入れて閉めていたし、それ以降もずっと開いていないか念入りに気を付けていたのだ。

だから、開いている筈が、無かった。

ここに来てから一度も、バッグに触れていないのだ。

ずっと、口の閉まったバッグを見下ろしていたのだ。

しかしほんの僅かに、だが確かに、口は開いている。

小さな開口部からバッグの内側が、暗闇となって、覗いている。

バッグに口を開けた闇を、見詰める。

時が、止まる。

そして次の瞬間――

ぬる、

とバッグの中から、開口部から、真っ白い指が這い出して――圭子が息を呑み、大きく目を見開き、そして半開きだった口がみるみる開いて、その口腔《こうこう》から大きな叫びが迸《ほとばし》り出ようと――

「……木村さん？」

突然肩を叩かれ、圭子は別の悲鳴を上げた。

「きゃあっ！」

「うわ！」

逆に悲鳴が上がる。武巳の声。圭子が我に返ると、そこは今まで通りの美術室で、武巳が圭子を覗き込んでいて――そして上がった悲鳴を聞いて驚いた顔をした一同が、圭子達二人の方を、注目しているところだった。

「あ……」

状況に気付いて、圭子は狼狽《ろうばい》する。

横には圭子の肩を叩いた武巳が、驚きの表情をして突っ立っていた。

「あっ……あの……ごめんなさい！」

「あ、ああ……」

圭子が慌てて謝ると、武巳は困惑しつつ頬を掻《か》いた。

「いや、こっちこそ脅かしちゃって、ごめん。でもこっちの話は終わったのに、全然動かないからさ……」

「ご、ごめんなさい」

しどろもどろで、言い訳をする圭子。

「あの、ちょっと、ぼーっとしちゃって……」

「大丈夫？」

「は、はい、大丈夫です」

「それならいいんだけど……」

武巳は言う。その表情は、まだ心配のせいか曇り気味になっている。

圭子は自分の醜態への恥ずかしさと、注目されている事への狼狽で、このまま消えてしまいたいとまで半ば本気で思った。

沖本も、圭子に不安そうな目を向けている。

「木村ちゃん、マジで大丈夫？」

「だっ、大丈夫です。本当に」

お願いだから放って置いて欲しい。

「ちょっと、考え事してただけで……」

「そう？」

「大丈夫です」

恥ずかしさと、嘘がばれるかも知れないという緊張で、だんだん胸が締め付けられて、苦しくなって来る。

「……あの、木村さんさ、ちょっと悩み過ぎなんじゃないかな？」

武巳が、そう言って圭子を覗き込んだ。

「えーと……何か、本とか貸そうか？　気分転換にさ」

「え、あの、大丈夫です……」

「いいから。後で渡すよ」

よほど圭子の様子が不安なのか、どこか押し付けるように武巳は言う。そしてそれだけ言うと武巳は、戸惑う圭子に背を向けて、そそくさと自分の元いた席へと戻って行く。

話を終えた皆は、そろそろ部屋を出る支度を始めていた。

一限の授業がそろそろ始まるのだ。それに気付いて圭子は、慌てて気を落ち着けて、気を取り直す。

圭子は思う。武巳の言う通り、確かに自分は悩み過ぎていたかも知れない。

考え込み過ぎて、だからあんな幻覚を見たのかも知れない。そう言われて考えてみれば、先程の感覚は、小説に没入する感覚に良く似ていた。

現実に居ながら、現実感を失った、あの感覚は。

きっと白昼夢だったのだ。そうだ。そうに違い無い。

圭子はそう思い込もうと、自分に言い聞かせる。それならばやはり武巳の言う通り、何か小説でも読んで熱中すれば、かき消せるかも知れない。

それがいい。忘れよう。

自分のやる事は、もう決まっている。

幻覚を、白昼夢を気にするのは、止めよう。

「……うん」

圭子はそう思い定めると、美術室から解散を始めている皆の後に続いて、自分のスポーツバッグを床から拾い上げて————そして少しだけ開いていたファスナーを、しっかりと引いて、閉めた。

六章　魔女宗

1

会合が終わって村神俊也が皆と共に専門教室棟を出ると、渡り廊下の脇に一人、ぽつん、とあやめが待っていた。

「……」

あやめはいつものように俊也達の一瞥《いちべつ》に対して小さな会釈で応えると、やはりいつものように、皆の後ろに付いて歩き始めた。

曇り空の下、どこかくすんで見える風景の中、あやめの動きに合わせ、奇妙に鮮やかな臙脂《えんじ》色の衣装が揺れる。しかし渡り廊下を行き交う他の生徒達は、誰一人として、その姿に目を向ける事は無い。

「………」

俊也達五人と、そして加わった〝一人〟は、黙々と渡り廊下を歩いていた。

何となく、理由も無く、一同の間には、気まずさのような空気が流れていた。

自然と沈黙気味になっている五人は、互いに殆《ほとん》ど目を合わせずに、前を向いている。そんな皆の様子を、あやめが、不思議そうな不安そうな表情で、少し遅れて歩きながら、見詰めている。

「…………」

自分の中にわだかまる苛立ちを感じながら、俊也は歩いていた。

あの〝魔女〟の帰還と、圭子の事件の始まりから三日が経《た》っていたが、俊也達の状況は、未だに遅々として進展していなかった。

確実に何かの影が見え隠れするのに、その実態が、まるで見えない状況が続いている。そんな状況が俊也だけでなく皆を苛立たせ、それを各々が押し隠している雰囲気が、微かな気まずさとなって皆の間に広がっている。


「空目」

そんな沈黙を破って、やがて俊也は、口を開いた。

「本当に俺達は、何もできないのか？」

「……」

突然声を発した俊也に、皆が立ち止まった。そして皆が目を向ける中、俊也は低い声で、こう言葉を続けた。

「このまま何も無しに終わるなんて、お前も思ってねえだろ」

「……」

「今、俺達ができる事は、本当に何も無いのか？　空目」

俊也は言った。それは今朝から、いや、それ以前から俊也が抱いていた苛立ちを、そのまま言葉にしたものだった。

ただ待つだけの状態が、俊也には耐えられなかった。

空目はそんな俊也を振り返ると、その無感動な目を細め、静かに訊ねた。

「それは、木村圭子の件か？」

「それだけじゃねえよ」

苛立たしげに、俊也は答える。

「それだけじゃねえ。でも、それもだ」

あれも、これも、全て。無茶な言葉だと自分でも思うが、それ以外にはどうにも言いようが無かった。

「………そうか」

そんな俊也の言葉だったが、空目は冷静に答えて頷いた。

そして空目は俊也の方へ歩み寄ると、俊也の目を、覗き込むようにして見上げた。

明らかに〝探っている〟視線に、俊也は不審げに眉を寄せる。空目はしばし無言でそうしていたが、やがて再び、口を開いた。

「村神。お前は、人が殺せるか？」

「⁉」

突然の問いだった。

「な……⁉」

「冗談でも、ものの例えでもなく、文字通りの殺人ができるか？」

「…………‼」

全く予想もしていなかった言葉に俊也は絶句したが、空目は構う事なく、淡々と言葉を先に続けた。

「例えば今まさに連続的な殺人が行われていて、殺人者が身近に居るとする。しかし〝彼〟を殺害する以外に止める方法が見付かっておらず、また〝彼〟が殺人を犯している客観的証拠も一切無いとする」

「おい、何を言って……」

「以上の状況で、お前は事件を止めようと思っていると仮定する」

「おい……」

「殺人者である〝彼〟を殺す事で事件は止《や》むかも知れないが、もしかすると濡《ぬ》れ衣《ぎぬ》で、間違いかも知れない。あるいは間違いでは無いが、別の理由で事件は止まないかも知れないという予想さえある。いずれにせよ〝彼〟を殺せばお前は殺人者となり、確かなのはそれだけだ。それを踏まえて質問だ」

そう言って、空目は俊也を指差した。

「お前は———それでも〝彼〟を殺せるか？」

「……」

俊也の目を見たまま、空目は問いかけた。

俊也は答えられなかった。いや、それ以前に、その問いかけの意味が、意図が、俊也には全く理解できなかった。

逆に訊ねた。

「……何が言いたい？」

「〝魔女〟だ」

空目は俊也の目を見据えたまま、一言それを答えた。

「っ！」

「いま言った事を、十叶先輩にできるか？　お前が言うように、いま事態の根本にお前が手出ししたいと言うならば、つまりそういう事になる」

「ぐ……！」

怯む俊也。空目はあくまでも冷静に、続けて問う。

「それができるか？　できると言うなら別だが、できないならば待つしか無い」

「…………！」

俊也は無言で、強張《こわば》った表情をして、空目を見下ろした。渡り廊下の一角に、沈黙の空間が出来上がる。微かに絶え間なく吹く風が、空目の髪を揺らしていた。皆が見詰める中を、冷たい風が吹き抜ける。

数秒、沈黙は続いた。

やがて俊也は、口を開いた。

「…………できる、と言ったら？」

重々しく。だがそんな俊也の答えは、空目によって一蹴された。

「やめておけ、と言っておこう」

「空目……っ！」

「これは冗談では無い。落ち着いてよく考えろ。子供の口喧嘩《くちげんか》でも無い。売り言葉に買い言葉では意味が無い」

そんなつもりで言った訳では無い。だがそのように言われても、俊也には返す言葉が一つとして無かった。

「お前の答えは覚悟の表明のつもりかも知れんが、今の俺の問いはそういう事を訊ねているのでは無い。純粋に実行の問題だ。一連の〝怪異〟は〝魔女〟を殺害すれば止まるかも知れないが、その保証も証拠も無い。そんな薄い根拠のまま、それでもお前は、人間としての最後の一線を踏み越える事ができるのか、という話だ」

俊也は呻く。どう答えればいいのか、思い付かなかった。

「それにな」

空目は、重ねて言った。

そしてその続けられた空目の言葉は、先程の俊也が固めかけた刹那の覚悟を、完全に打ちのめした。

「仮に実行するとなると、その考え方は〝黒服〟と同じものだ」

「……‼」

言葉も無かった。ただ俊也は空目から視線を外し、口元を歪めて、きり、と奥歯を強く嚙《か》み締《し》めた。

「だから、よく考えろと言った。〝覚悟〟があるのなら、それはまだ今は〝待つ〟事に使った方がいい」

「………」

無言。

誰も言葉を発せなかった。皆はしばしそうしていたが、空目は返答が無いのを確認すると、元の方向へ向き直り、歩き出した。

再び、一同は、のろのろと歩き出す。

授業開始直前の喧騒《けんそう》が冷たい風に流れる中、ただ足音だけをさせて、五人と一人は、また渡り廊下を歩いて行く。

「…………村神」

そうしていると、空目がまた、不意に口を開いた。

「一つ、俺は思う事がある」

「……」

俊也は無言だった。空目は、構わずに続けた。

「人が人を殺す事の多くは、他者を殺そうという〝意思〟が行われたのでは無く、人が意思を放棄した事によって起こるのではないかと」

「……」

「殺人者というものは〝殺意〟を成し遂げた人間では無く、その逆なのではないかと、以前から俺は考えている」

俊也は眉を寄せる。空目の意図が判らなかった。

「……逆？」

「ああ。人を殺すという事は、実は恐ろしく容易《たやす》い事だ」

空目は頷いた。

「それは殺人の場合もあれば、事故の場合もあるだろう。しかしいつでも世界のどこかでは人が死に、その多くの死因に、誰か他者が関わっている。俺はいつも言っているな？『人間とは常に他者を殺し、殺される可能性に晒されている種だ』と。だが多くの人間は通常他者を殺そうとはしない。だが聞くところによると、殺意に近い感情は、人は日常的に抱く事があるそうだな？

だから俺は、こういう仮説を立てた。

人間は――――『殺意を抱く』事によって殺人を行うのでは無く、殺人を犯さないという意思を『常に働かせている』のだと。

そして、それが人間の人間たる意思と理性のあり方であり、それを放棄した時に、殺人者となるのではないかと。となれば、殺人者とは、意思をもって埒外《らちがい》の行為を成し遂げた偉大なる実行者などでは無い。ただ人間としてあるべき意思と理性を保つ事ができなかった、〝意思の敗北者〟だ」

空目は淡々と、しかし断定的な調子で、自らの論を語った。そうすると武巳が、それに口を挟んだ。

「で、でもさ……」

「何だ？　近藤」

「普通、人を殺そうなんて、よほど思い詰めないとできないだろ？」

そう武巳は言ったが、空目は即座にきっぱりと言い切った。

「思い詰めるのは、思考停止と同じだ」

「う……」

「それは、思考停止が人を殺す例だ。自分を殺す場合もあるだろう。それもまた、〝意思の敗北〟だ」

空目は言う。淡々と、歩みを止めないまま。

「つまり人は『他者を殺さない』という意思を放棄した時に、人を殺してしまう。世の中で起こる殺人の、犯人が往々にして語る短絡的思考など、その最たるものだろう。事故もまた、この範疇《はんちゅう》に含まれる。車の運転中や、危険な作業中など、安全への配慮が欠けた時、その刹那に事故が起こる。

これは〝油断〟――――すなわち『人を殺さないようにする意思の欠如』が招く死だ。戦争も、一面を突き詰めれば対話や別の穏当な手段で解決しようという意志の放棄だ。人は、他者を殺さない事で人たりえている部分は、確実にあると思う。もちろん全てのケースがそうでは無いが、確実に〝殺人〟という行為の多くは〝意思〟の放棄、敗北の結果であり、人間性なるものはその結果よって確実に損傷する」

最早《もはや》、誰も抗弁しなかった。沈黙の中、空目は視線を前に向けたまま続ける。

「だから、〝殺す〟覚悟など、俺達には不要だ」

「空目……」

「最初の殺人者を止める例えで言うなら、殺人者が決定的な行動を起こすまで調べ、待ち構えて、その瞬間に凶器を奪えば、事は足りる」

「……」

「〝魔女〟を排除して〝怪異〟が止まる保障も無い。そのため、俺達は待っている。それに俺の考えが正しければ、これ以上人が死ぬ事も、消える事も無い筈だ」

そう空目は締めくくる。

俊也が「どういう事だ？」と、その言葉の意味を訊ねようとした時、その声は突然背後から投げかけられた。

「――――おいおい、マジで待ってるだけか？」

それは、聞き覚えのある声だった。

　ぎょっとした俊也達が背後を振り返ると、そこには薄笑いを張り付けた男が一人、風の中に気配もなく立っていた。

　スポーツマンを崩した印象の、日焼けした顔に長い髪。頑健そうな体を洒落《しゃれ》たジャケットに包んだその姿は、その健康そうな外観とは裏腹にどこか病的と表現できそうな、虚《うつ》ろな雰囲気を発散している。

　二日前に出会ったばかりの男だ。

　忘れる訳が無い、あいつらのうちの一人だ。

　皆の最後尾にいたあやめが、怯えた仕草で男から後ずさる。俊也は男を睨《にら》み付《つ》け――そして喉の奥で唸《うな》るように、その名を呟いた。

「〝使徒〟……！」

「広瀬由輝男だ。〝第三のカヴン〟の高等祭司《ハイ・プリースト》」

　一同を前に〝魔女の使途〟広瀬は、うっすらと笑いながら、改めてそう名乗った。

　警戒する一同に型で押したような例の笑みを向け、広瀬はがらんとした渡り廊下に、いつの間にか現れて、ポケットに手を入れて立っていた。

　渡り廊下からはいつの間にか人気《ひとけ》が失《う》せ、広瀬の背には無人の回廊が続いている。その様子は合わせ鏡が作り出す無限の回廊にただ一人立っているような、そんな不気味な印象を、理由も無く見る者に抱かせる。

俊也は無言で、〝魔女の使徒〟を睨む。

広瀬はそんな俊也に一度だけ視線を向けたが、冷笑にも見える広瀬の表情は、僅かたりとも変化する事は無かった。

広瀬はその姿勢のまま、視線だけで一同をゆっくりと見回して行く。そして機械のように視線が皆を走査し終わると、広瀬はその口を開けて高らかに、まるで宣誓するように、俊也達に言ったのだった。

「我等が〝魔女〟を長とし、かくあれと命じられた〝かりそめの魔女宗《ウィッカ》〟。その〝高等祭司《ハイ・プリースト》〟たる俺が、〝第三のカヴン〟を代表して宣言する！」

広瀬は、よく通る声で高らかに言った。

「〝魔女〟の手は振り下ろされた！　〝魔女〟の手は振り下ろされた！　俺達は近く、俺達自身による〝夜会《サバト》〟を執り行う！」

「……!?」

その言葉に、俊也は視線に強く敵意を込める。しかし広瀬はどこ吹く風で、ただ空目だけを見て、言い放つ。

「今の俺はメッセンジャーだ。確かに伝えたぜ、魔王陛下」

「……」

「止めて見せてくれよ、待つだけじゃなくてな。そうじゃなきゃ俺が面白くねえ。せっかく変、われたんだ」

広瀬は空目を舐《な》めるように見詰める。対する空目はただ無言で、無表情にそんな広瀬の視線を受け止めるだけだ。

「本気になれよ。さもないと――――えらい事になるぜ」

広瀬は、そう言って唇の端を吊《つ》り上《あ》げる。

そして一瞬だけ、ふん、と鼻で笑うと、そのまま当然のように、俊也達の方へと大股に歩み寄って来た。

「……！」

慌てて俊也達が身を引くと、広瀬は一同の真ん中に開いた道を堂々と通り抜けた。そして皆の背後にあった校舎入口の段差に、足をかけた。

皆に見守られながら、そこで広瀬は動きを止める。

そうして広瀬は肩越しに振り返り、笑みの形に細められた、少しも笑っていない目を、空目にもう一度向けた。

「…………逃げるなよ？」

最後にそう低い声で言い、広瀬はそのまま入口を通り抜け、校舎の中に入った。そして授業時間を目前にした校舎の中、廊下の向こうに、乱暴さが滲《にじ》む大股な歩みで、つかつかと消えて行った。

「…………」

誰も、何も言わなかった。

ただ無言で、〝使徒〟の消えて行った廊下を見詰める俊也達。

皆の立ち尽くす渡り廊下に、ひときわ寒々しい風が吹き抜けた。

授業開始五分前を知らせる予鈴が、皆の間に横たわる沈黙を揺るがせて、長い、長い余韻を引きながら――――寒空の下に、響き渡った。

2

もどかしい時間が過ぎて、四限目の授業が始まる時刻になった。

あの〝魔女の使徒〟、広瀬由輝男の〈宣言〉から、落ち着かない時間を過ごして現在。俊也達はいつものように文芸部の部室に集まり、そしていつもとは違う深刻な表情をして、それぞれ顔を突き合わせていた。

壁を殆ど本棚で埋めてしまっている文芸部の部室は、他の部の部屋と比べると、元々ある種の圧迫感がある。しかし今この部屋に流れている重い空気は、それとはまた、源を別にしていた。

椅子を並べて円陣を組み、一同は何から口にすべきか、沈んだ思案をしていた。円陣から外れ、本棚に背中を預けて立っている俊也もだ。

全てはあの、〝使徒〟の〈宣言〉から。俊也達は、この皆で示し合わせて集まった授業の無い空き時間まで、あの時の〝使徒〟についての疑問を頭の隅に追いやったまま、それぞれの授業を受けて過ごして来たのだった。

俊也も皆も、待ちかねていた。

しかし誰も、口火を切る者は居なかった。

あの〈宣言〉の後、皆は授業開始時間に追われて、碌《ろく》に言葉も交わさずに別れた。それから今まで、授業によって集まれないまま空いてしまった時間が、それぞれの胸に必要以上の煩悶《はんもん》や葛藤を与えてしまい、それが最初に口にすべき言葉を、皆の口から迷わせてしまっていたのだった。

「――――まあ、何から訊《き》いたらいいのか判らねえけどよ……」

やがて。部屋に満ちる沈黙を代弁するように、俊也がまず、そう呟いた。

「空目……あいつの言った〝カヴン〟とかいうのは、取り敢えず一体何なんだ？」

無数にあった煩悶や疑問。それらの中からできるだけ余計なものを抑え込んで、最初に俊也が口にしたのは、その問いだった。

「〝カヴン〟とは、日本では〝魔女団〟などと訳される、魔女の活動単位と言われているグループの事だ」

その問いに、空目は澱《よど》み無《な》く答えた。

「……魔女団？」

「十七世紀にはすでにヨーロッパの文献に登場している、魔女の組織を意味すると言われる言葉だ」

椅子に座って脚を組んだ空目は、例のごとくこの場における唯一の平静さで、静かに俊也の問いに対して答えを紡いだ。

「〝カヴン〟という言葉の語源こそ不明だが、伝承において、魔女はこの〝カヴン〟という単位のグループで活動を行っていると考えられて来た。一説によると一つのカヴンには十三人が所属し、儀式などはこのグループで執り行うのだと言われている。ヨーロッパの『魔女狩り』ではこの伝承を一つの根拠として、告発された魔女が一人居ると、他に居るはずの仲間を自白させようとして拷問を加えたそうだ。そしてこの言葉が現代でも残り、『ウィッカン』達が自らのグループを、主に〝カヴン〟と呼称している」

説明されても疑問が増える。俊也は眉を寄せ、続けて空目に問いを投げた。

「……ウィッカン？」

「ああ、通常は『魔女』と訳す」

空目は言う。

「現代にも残ってる、とも言ったな？」

「その通りだ」

頷く空目。

「確か、あいつも渡り廊下で〝ウィッカ〟と言ったな」

「そうだな」

「一体どういう事だ？　判んねえ事だらけだ」

「それを説明しても、おそらく今の状況に大きな関係は無いぞ？　説明も長くなる。それでも構わないなら、説明するが」

疑問に頭を掻きむしる俊也に、そう言いながらも、空目は静かに目を閉じると、皆の説明を求める視線に応えて、改めて次の言葉を選んだ。

「……まず『魔女』という言葉には、二種類の意味があると思ってもらった方がいい」

そしてまず最初に、空目はそう二本の指を立てた。

「一つは『ウィッチ』。これは、皆が知っている通りのイメージで構わない。おとぎ話に出て来る魔女。あるいは〝魔女狩り〟や〝魔女裁判〟によって、かつてキリスト教が狩り出そうとした、悪魔を崇拝する妖術使いの事だが――奴らが名乗っている『魔女団』は、こちらの事では無いだろう。

もう一つの魔女は『ウィッカン』。奴らが名乗っているのは、おそらくこっちだ。ウィッカンとは、〝ウィッカ〟の実践者の事を言う。ウィッカというのは〝魔女信仰〟、あるいは〝魔女宗〟などとも言われる、現代でも一部で行われている、大雑把に言えば自然を崇拝する宗教活動の一種だ」

空目は二本立てた指を一つ一つ折って、説明を加える。

「『ウィッカ』というのは古英語で、元は妖術師を指す言葉だ。現代において主に『魔女』を指す語である『ウィッチ』も、元は『ウィッカ』の動詞形で、さらに魔術をかけるという意味の言葉『ウィッカン』が語源だという。〝魔女宗〟は自らの魔女活動を、悪魔崇拝のイメージが強い旧来の呼び名からは区別して、旧《ふる》い言葉であるそれを呼称として採用している。この宗教活動としてのウィッカは、二十世紀にジェラルド・ガードナーという人物が始めたネオペイガニズム、つまり新異教主義と呼ばれる運動からスタートしたものだ」

「ネオ、ペイガニズム？」

聞き慣れない言葉を、亜紀が聞き返す。

「そうだ。ペイガニズム。意味は『異教的』、つまり主流の宗教であるキリスト教とは異なる宗教的価値観を指す言葉だ。当時の欧米では、それまで絶対だったキリスト教的価値観を疑問視する潮流が生まれていた。また科学絶対の進歩主義にも疑問を投げかける形で、自然哲学や原始的自然崇拝に関心が向けられていた。その中でこのような説が生まれた。かつて迫害された魔女と妖術はキリスト教が言っていたような悪魔崇拝などでは無く、キリスト教によって迫害された異教、つまり自然と豊穣《ほうじょう》を賛美するキリスト教以前の旧い宗教の名残だったのだ、という説。

そんな十九世紀頃の思想と、同じ頃に流行した魔術などのオカルティズムを元にして、ガードナーが立ち上げたのが〝ウィッカ〟だ。ガードナーは自らを、イングランドのカヴンに所属し、老魔女から旧い異教を継承した〝本物の〟魔女であると称して、古代の宗教と魔女の復活を宣言した。この呼びかけから現代の魔女術は生み出された。このためガードナーは〝現代魔女の父〟と呼ばれている。

そしてこの現代の魔女は——主に女性の悪魔崇拝者を指す『ウィッチ』ではなく、魔女術を実践する者ならば男も女も区別しない言葉、『ウィッカン』という言葉を使って自分達を区分するようになった」

空目はそこまで言って、一度言葉を切った。

俊也は訊ねた。

「奴の言ってたのがそれか？」

「言葉はそうだろう」

頷く空目。

「だが、あれはそのように称しているだけだな。彼らがそのウィッカンだ、という訳では、おそらく無い。十叶先輩が自分の呼び名と俺の言葉を拾って遊んでいるだけだろう。掘り下げても手掛かりにはならんだろうな」

「そうか……」

俊也は吐き捨てる。遊ばれているのだという事実が、何とも癪《しゃく》に障る。

武巳が発言した。

「でも、今でも『魔女』は居るんだ？」

「居る」

その問いに、そう空目は答えた。

「だが正しくは『現代の魔女が居る』、だな。いま居るのはガードナー以降のスピリチュアリストとしての『魔女』で、おそらく近藤が考えから捨て切れていないような、かつて〝魔女狩り〟の対象となったスケープゴートとしての魔女とも、キリスト教以前に存在したという異教とも関係が無い」

「そ、そっか……」

「さらに言えば現代魔女のスタンスになっている、ドルイドなどの古代宗教を現代に継承したというガードナーの経歴にも主張にも、実のところ根拠が無い。かつて居た本当の魔女との系譜が繋《つな》がっている事も、おそらく無い」

「完全に架空の話だな」

「ああ。ただ現代の『魔女』達はその主張を歴史的事実では無く、ウィッカンの『神話』、あるいは『理念』として扱っているようだが。そんな事実に拘泥するよりも、自分達が自らの思う異教的儀式を通じて神の存在を実体験し、また自らの行う〝魔女術〟に効果があると確認する事の方が重要と考えているようだ。

　現代の魔女はそういった謂《い》わば新興の宗教運動だが、ただ、この儀式と実体験を重視する姿勢が示す通り、ウィッカという宗教は体験主義だ。そういう意味ではウィッカは、極めて〝魔術〟に近い」

「！」

「あるいは〝魔術〟そのものだ。ウィッカの〈儀式〉は〝魔術〟と同じ技術を用いている。そもそもガードナーも、ウィッカを、魔術を原型にして構築している。

オイルやキャンドルを用いる儀式はウィッカン得意のものだが、その中の作法や、オイルやキャンドルの『色』に複雑な意味を与えるやり方は魔術のものだ。儀式による誘導で精神を変容させ、その変性意識を利用するやり方もそうだ。奴らの名乗っていたハイ・プリースト、つまり〝高等祭司〟という役職も、〝カヴン〟の儀式の指導役を指すウィッカのものだが、これも魔術儀式内における魔術師の役割に準じている。またウィッカンは〝アセイミ〟、または

〝アサミィ〟と呼ばれている短剣と、〝ペンタクル〟と呼ばれる円盤を儀式の道具にするが、これらの用法は完全に魔術で用いる〝魔術武器〟と同じだ。

ウィッカの実践者は、宗教者であると同時に魔術使いだ。そして現代の日本でも、こうした形の『魔女』は存在する。カヴンも存在し、キャンドルマジックなどの手引書も、それを扱う店で手に入る。だが、こうやって言葉を揃えればいかにもそれらしいが――――俺達の対峙《たいじ》する〝魔女〟は――――十叶先輩は――――そうしたものとは間違い無く無縁だ。ウィッカについて知識はあるのだろうが、信奉はしていない。真似事《まねごと》をして遊んでいる」

「…………」

皆は、そこで切られた空目の言葉の先を待ったが、それ以上の説明は無かった。

「じゃあ、あれは、結局なんなの？」

亜紀が問う。

「不明だ」

首を横に振る空目。

しかし確かに、説明は無くとも、何となく俊也達の中にも、それについての漠然とした理解と言うか納得のようなものがあった。

そんな説明可能な体系のあるものとは、俊也達の中にある〝魔女〟のイメージは全く相容《あいい》れない。一度でも彼女を知れば解る。あの十叶詠子という存在は、間違い無くそういったものでは無い。

「…………」

しばし、誰も何も言わなかった。

皆、自分の中にあるものを、無言で噛み締めていた。

あやめが、愁いを帯びた目で、そんな一同を眺めている。やがて稜子が、ぽつりと沈黙の中で呟く。

「……これから、何が起こるんだろうね」

誰も答えなかった。

「十叶先輩達、何か始めるんだよね。あの人、そう言ってた……」

「…………」

判ってはいたつもりだが、こうして言葉にされると、何とも言えない重い不気味さが胸の奥にわだかまった。

何が起こるか、どんな事になるのか、全く判らない不確かな不安。先の見えない不安は、それゆえに具体性のある警戒心の対象にできず、ただもやもやとした漠然的不安となって、胸の中を重くする。

「何を、する気なのかな……」

呟くように、稜子。

「知らんな」

空目は稜子の疑問に、にべもない答えを返した。

「だが、身の回りには気を付けておけ」

「うん……」

稜子は頷く。普通に注意を促されたと受け取ったのだろう。俊也も、その警句をごく普通の注意と受け取って聞き流した。

だが空目の警告は、そんなものではなかった。

空目は一言、こう付け加えたのだ。

「何しろ相手は〝カヴン〟だ。十三人いる」

「!?」

「周囲の誰が〝カヴン〟のメンバーか判らない。いつどこで、誰に何をされるのか判ったものでは無い。警戒しておいた方がいい」

急に具体性のある危機の話をされて、俊也も稜子も、思わず表情が強張った。

「な……」

絶句する一同。

「……確かあいつ、〝第三のカヴン〟って言ってたよね」

そんな中、亜紀が腕組みして、そう指摘した。

「最低三つ。それぞれ十三人として――となると三十九人。そんだけ少なくとも居るのを覚悟しなきゃいけないわけだ」

亜紀はそう言って、口の端を不愉快げに歪めた。

俊也は前に見た、裏庭での光景を思い出す。かつて俊也が〝魔女の座〟において〝使徒〟達を見た時、確かにその人数は十人を下らなかった。

それくらいの数は、確かに居てもおかしくは無い。

俊也はその光景を思い出しながら、そしてそれらとの闘争を想定して、ぎり、と口元を引き締めて、眉間に皺《しわ》を寄せた。

「だいたい四十人か」

苦々しげに呟く。

だがその呟きを打ち消すように、空目が断定的に言った。

「三十六人だ」

「何？」

俊也は空目を振り向いた。

「なんだと？」

「三つの〝カヴン〟のリーダーを〝魔女〟が兼任。残り十二人ずつで三十六人だ」

空目はすらすらとそう言い切った。皆が驚いて空目の顔を見る。空目は皆の視線に晒されながら、無感動な表情で「ふん」と微かに鼻を鳴らす。

「……なんで、そんな事が判る？」

俊也は言う。

亜紀も鋭く目を細めて、空目に疑問を向ける。

「疑う気は無いけど……とりあえず、なんで連中の〝カヴン〟とやらが、三つしか無いって言い切れるわけ？」

訊ねる亜紀。だが、それらの問いに対して空目が答えたのは、俊也達の認識していた部分とは全く違う、異質な根拠の話だった。

「三十六人という人数に、お前達は憶《おぼ》えが無いか？」

空目は、俊也達にそう訊ね返したのだ。

「は？」

「……？」

そして訝《いぶか》しげな顔をする一同に向かって、こう説明した。

「あれはおそらく、〝鏡〟の事件で一度姿を消した、三十六人の生徒だ」

「…………はぁ!?」

「あれはな、断言はできないが、俺が考えるにもう普通の人間では無い。おそらく先の事件で八純先輩の『絵』を見て〝感染〟し――――あのパニックの中で〝鏡〟の中に消えてから戻って来たという、三十六人の生徒の現在の姿だ」

「な……！」

全員、その言葉に絶句した。完全に、そんな事は欠片《かけら》も頭に思い浮かばなかったし、それが本当ならば、余りにも重大な事だからだ。

教室で、光の具合で〝鏡〟と化した窓を発端に、突如学校中に広がったパニック。

三十六人が姿を消したあの事件を、俊也は忘れていた。

いや、正しくは忘れていたのでは無く、終わった事だと思っていた。三十六人は一人も欠けずに還って来て、それ以来ろくに話題に出る事も無く、そのため俊也の中では、これは既に終わった事件と認識されていたのだ。

忌まわしい事件が帰って来た、そんな思いだった。

しかし空目は淡々と底冷えする目をして、はっきりとこう言った。

「最初から、実はそんな気がしていた」

「！」

皆は驚く。

「あの〝鏡〟の事件が起こった時から、いつかはこんな事が起こる気がして、それとなく気にかけていたんだ。そして中庭で奴らの姿を見た時、それから〝カヴン〟の数を聞いた時に、人数にピンと来た。おそらくだが彼らは〝帰還者〟だ。一度〝異界〟に攫《さら》われ、そして還って来た、〝異界からの帰還者〟だ」

「……」

その空目の台詞に、亜紀が呆然と呟く。

「それって……」

「ああ」

空目は頷く。

そして、亜紀の言葉を先読みして、自ら言い切った。

「そういう意味では俺もまた――彼等と同じ、〝帰還者〟だ」

その、空目の言葉。

それを聞いた一同は、誰ともなく沈黙し、部屋には授業時間中の静寂が広がって、その静寂はしばらくの間、尽きる事が無かった。


…………

……………………………………

「じゃ、木村ちゃん、また明日」

「あ、はい……」

「分かってると思うけど、もし何かあったらすぐに俺に知らせてくれな？」

「はい……」

「……やっぱ心配だなあ……ほんとに大丈夫？」

「あ、はい、分かってます。大丈夫です。ほんとに……」

「そっか。マジで連絡くれよ？　頼むから さ」

「はい……それじゃ……」

「じゃ」


…………………

＊

3

そんな、会話を交わして。

全ての授業が終わり、部活動も終えた生徒達がそれぞれの家路に着き始めた頃、圭子は放課後の美術室の前で、沖本と別れた。

美術室の鍵が閉められて、鍵を持った沖本が立ち去ると、後にはその背中を黙って見送った圭子が美術室前の廊下に残される。電灯がぼんやりと点《とも》っている廊下に、圭子はただ一人、ぽつんと佇む。

そして──


「…………………………」


いつもならこのまま帰寮するのだが、今日の圭子はその様子も見せず、それどころか美術室のドアを背にして、そのままずるずると廊下に座り込んだ。端から端まで見渡せる、圭子の他には誰も居ない廊下。廊下に並ぶ教室のドアは固く閉じられて、その向かいに並ぶ窓は既に夜の色をしていた。

ほぼ沈みかかった日が、曇り空によって、さらに光を弱められていた。

早々と夜の様相を見せている夕刻が、塗り潰すように、廊下の景色を覆っていた。

「…………」

そんな影と静けさが広がる校舎の中で、圭子はただ、膝を抱えて座り込んだ。

校舎の外からは、まだ学校に残っている生徒達の声と気配が、どこか郷愁に似た感情を誘う遠い音となって、遠く、静かに、流れ聞こえて来ていた。

無人の廊下で一人、圭子は音に包まれる。外の声と気配は校舎そのものを伝わるのだろうか、ぴったりとドアに付けた背中から、体に伝わって来る気がする。

「…………」

学校の気配を耳と体で感じながら、圭子はただ身じろぎもせずに、美術室のドアの前で膝を抱えていた。誰も居ない、がらんどうの廊下を見詰めながら、圭子は一人、寮に帰りもせず居残っている。

圭子は待っていた。

待っているのは他でも無い、いま圭子に伝わって来ている、この生徒達の気配が無くなる事をだ。学校に人が居なくなるのを圭子は待っている。圭子がこうしてここで学校に人気が無くなるのを待つのは、実は初めてではなく、これで二度目だった。

一度目は、あの〝どうじさま〟の儀式をやった時。

あの時も、ここでこうして、学校から人気が無くなるのを待った。

そして人の気配が無くなったのを確認してから、裏庭に行って〈儀式〉に臨んだ。あの時はここで訳の無い緊張に駆られて、消しゴムの〝人形〟を握り締めて、じっと息を殺していたのを圭子ははっきりと憶えている。

こうして淡々と時間を過ごすのは、それだけで儀式をしているようなものだ。ただ無為に時間だけが過ぎ、学校の音というノイズと、やがて来る静寂に満たされて、精神が目的に向かって、ひしひしと研ぎ澄まされて行く。

あの時は、〝どうじさま〟の意識へ向けて。

今日は、その逆へと向けて。

圭子は、自分の傍らに置いたバッグを、無理に意識から追い出す。

この中にある〝人形〟を手放し、二度と意識せずに済むように、池へと還すため、圭子はこうして時を待っていた。

クロゼットの中から姿を消し、そして帰って来た〝どうじさま〟の人形。

圭子は今や、この〝人形〟こそが全ての〝怪異〟の原因だと、もはや疑う余地も無く確信していた。

この〝人形〟こそが、〝怪異〟の依《よ》り代《しろ》だと。

今朝、美術室で視《み》た〝怪異〟が——〝人形〟を入れたスポーツバッグから指が出て来るという白昼夢が——どれだけその記憶を意識から追い出そうとしても、それを圭子に確信させていた。

恐怖は、もはや圭子にとっては耐え難い事態になっていた。

そして怪奇現象など何も起こっていないと、自分の部屋にも帰っていないと、皆に嘘を吐き続けているのも、もはや圭子には恐怖以上の耐え難い苦痛になっていた。ばれるのが恐ろしかった。耐え続けるのも嫌だった。

それらを全て一度に帳消しにしてしまえるのなら、試してみる以外に無かった。

あの〝儀式〟の、逆を。〝どうじさま〟を受け取るのではなく、〝どうじさま〟を裏の池へと捨ててしまうという、その試みを。

ずっと、それだけを考えていた。

授業中も休み時間中も、〝人形〟の入ったバッグを横目に収めながら、ずっと。

希望に縋《すが》っていた。何度も何度も自分が〝人形〟を捨てる光景を想像して、手順を頭の中でシミュレートした。ただそればかりを考えていた。他の全ては白昼夢だった。授業の内容も思い出せず、昼休みに武巳に渡された小説とやらも、その題名すら確認しなかった。

人形を捨ててどうにかなる保障は、もちろん無い。

だが何も行動しないよりは、遙《はる》かにマシだ。

初めての意識だった。今まで圭子は、自分からは何も行動しようとは思わなかった。両親とか、友達とか、先輩とか、数少ない近しい人々に従って目立たずに居るのが、優柔不断で人の目が怖い圭子にとっては一番楽な、いや、それ以外に生きる道が考えられない唯一の立ち位置だった。

もちろん多少の不満や後悔を感じる事はあったが、苦痛より遙かにマシだった。自分の意見を大して持っていない圭子にとっては、他人に何かの判断を委ねられても、行動を求められても、苦痛なだけだった。

ずっと流されて生きて来た。

そんな圭子は今、周囲に流され、立《た》ち竦《すく》み、その場限りでしてしまった沈黙と嘘と取り繕いによって、歪み果ててしまった自分の生活に安寧を取り戻すために、そして何もかも帳消しにしてしまうために、殆ど初めて全てを自分で考え、決めて、行動して、何の決まり事もレールも確信も無い世界に、自ら踏み出していた。

「…………」

時間が、淡々と過ぎていた。

外から響いて来る学校の音はだんだんと途切れ途切れになり、背中に付けた校舎の壁から伝わって来る振動と気配も、今は静寂ばかりを伝えて来ていた。

どれくらいの時を過ごしたのかは、もう判らない。

だが待つ事も、沈黙する事も、無為に時を過ごす事も、圭子はむしろ得意であり、特に苦痛とは感じない。

恐怖さえ、無ければ。

いましばらく、圭子は待つ。

こんな時に、たとえ知らない生徒とであっても、顔を合わせたく無かった。そうして圭子は時を過ごす。だが、そろそろ限界だろう。これ以上遅くまで電灯を点《つ》けていると、先生か用務員に見咎《みとが》められてしまうだろうから。

だが、かと言って、明かりの無い無人の廊下で過ごす事は、今の圭子にはできない。

傍らにあるこのバッグと共に、そんな状況で過ごす事はとても考えられない。

ここには居られない。圭子は、のろのろと立ち上がった。そしてバッグを拾い上げ、できるだけ見ないように肩にかけると、階段脇のスイッチで廊下の電灯を消して、暗い階段を降りて行った。

専門教室棟は、暗闇に包まれていた。

建物を出ると、外は全くの夜だった。

いやに大きく響く自分の足音を聞きながら、圭子は、渡り廊下を歩く。

静寂の中、廊下を踏む靴の音が、吹き込んだ砂が靴底に噛《か》む微かな音さえ聞き取れるほど、大きく響き渡る。

誰かに聞かれないか、その足音の大きさに怯えながら、圭子はただ黙々と歩いた。

暗闇に包まれた、学校の敷地を。

渡り廊下を行き、やがて渡り廊下を外れて、一号館にある職員室の明かりを横目に見ながら圭子は行く。真《ま》っ直《す》ぐに、しかし人目に付かないように、どんどん暗い方向へ、山の方面にある学校の〝裏庭〟へと向かう。

暗闇の中を進む。

校舎の脇を抜け、角を曲がる。

そしてその渡り廊下を抜けた先が、〝裏庭〟になる。だが圭子は、ようやく目指す目的地に辿《たど》り着《つ》きながら、何故だかそのまま踏み込む事をせずに、その場に足を止めて、ぴたりと立ち止まった。


「…………………」


目の前に広がる〝裏庭〟は、闇だった。

圭子は、あと数歩で裏庭に入るという場所で、引き攣るように目を見開いて、そこに立ち竦んだ。

様子が違っていたからだ。そこは、最初に圭子が〝どうじさま〟の儀式を行った時とは全く違う、あまりにも深い闇に閉ざされた場所だった。裏庭の姿は、池の向こう岸が見通せないほど〝暗さ〟が澱《よど》み、そこに張り詰めるように満ちた切れるような静寂の中で、小さく水の流れる音だけが響き続ける、異様な空間と化していた。

圭子の知っている裏庭では無かった。

前に圭子が来た時も同じくらいの時間帯だったが、ここはもっと明るい、しかしこぢんまりと閉じた空間の筈だった。

しかし今、圭子の目の前にあるのは、本物の闇に満たされた空間だった。見通し切れない濃い闇はその場に余りにも広大な空間を錯覚させて、ただ暗い〝池〟と、その周りに広がる無尽の虚ろばかりが、圭子の知る裏庭の代わりに存在していた。

ここは、圭子の知らない場所だった。

圭子の気付かない数日の間に、ここにあった筈のものが、何か別のものに変わってしまっていた。

しかし、ここは確かに〝裏庭〟だった。

ここは確かに裏庭であり、この場所以外に裏庭はあり得ず、圭子は間違い無く、ここを目指してやって来た。

〝ここ〟こそが――――目指す場所。

圭子はしばし呆然と佇んでいたが、我に返って覚悟を決めて、裏庭へと一歩踏み込んだ。

その瞬間、圭子が感じたのは、冷気だった。ひやりとした空気が頬を撫《な》で、服の中に浸透して来て、空気の温度が一気に下がるあの感覚が、圭子の全身を覆った。

「！」

まさか、これって……！

圭子は自分の感じたものが示す事実に、慄然とした。

しかし、それが示すもう一つの事実に思い至り、圭子は目を閉じ、気を落ち着けて決意を新たにするように、奥歯を噛み締めた。

いま感じたのは間違い無く、圭子が何度も体感した、〝怪異〟の前兆。

だがこの〝裏庭〟でそれを感じるという事は、確かに恐怖ではあるが、しかし結果としてこの〝池〟に〝人形〟を捨てるという圭子の行動が、全くの的外れという訳でも無い事の証左でもあった。

この〝池〟は、無関係では無い。

占い師が言った、『別の世界』に通じているという、この〝池〟。

圭子は目を上げ、冷たい空気を大きく呼吸する。その行為は胸の中にまで冷気を浸透させてしまったが、それでもそのうち壊れてしまいそうなくらい内心で昂《たかぶ》った圭子の意識を、少しだけ沈静化させる。

ふーっ………ふーっ………


自分の呼吸の音が、耳の中に響いた。

圭子はその音を聞きながら、やがて意を決して中庭へと足を踏み入れ、土や小石や草を踏み付けて池に近付き、その縁石の側に立った。

黒い、黒い、水面が、池の上には広がっている。

そんな水面をなぞるように目を向けると、池の向こう岸は闇に溶けて定かでは無く、もしかすると冥府にでも繋がっているのかも知れないと、そんな鬱々とした想像が圭子の頭の中によぎる。


ふーっ………ふーっ………


静寂と、闇。

その中で圭子は静かに、肩に掛けていたバッグを、地面に降ろした。

じゃり、と音を立てて降ろされたバッグに向かって、圭子は似たような音を靴底で立てて、しゃがみ込む。そうしてバッグの口を閉じたファスナーに手をかけて――そしてそのまま躊躇《ちゅうちょ》し、動きを止め、しばし迷った。

ふーっ…………ふーっ…………


自分の呼吸の音が、耳の中を埋め尽くす。

今朝の、美術室で見たあの光景が、白昼夢が、脳裏に蘇《よみがえ》った。

ファスナーを摘んだ手が、震え出す。この中に、この中に、この中に――いや、この中から――あれは、出て来たのだ。


ふーっ……ふーっ……


バッグを開ける手が、どうしても先に動かない。

体中の毛が逆立つ嫌な感触が皮膚を撫《な》で回《まわ》し、荒い呼吸をするたびに、カチカチと奥歯が音を立てた。

ファスナーを開けるというだけの簡単な事が、どうしてもできない。

ぶるぶると震えるばかりで言う事を聞かない自分の手に、もどかしさと焦りで、思わず涙が出そうになる。

ふーっ、ふーっ……!

圭子は荒い呼吸をしながら、バッグを睨む。

先程まで自分を落ち着かせていた規則的な呼吸音が、今や規則性を失って、焦りと歯痒《はがゆ》さを加速させていた。

力を込めるほどに、震える指先。

言う事を聞かない指先に、さらに力が込もる。

――――がりっ、

と、不意に耳障りな音を立てて、ファスナーの口が少しだけ開いた。

「!!」

その瞬間、圭子はぎょっとなって、思わずその手を止めた。

あれだけ必死になって開けようとしていたのに、いざファスナーが開いた瞬間、圭子はそれが開いたという事実に怯えていた。覚悟や決心などは一度に吹き飛んで、ただ圭子はバッグに開いた口を、ただ純粋に恐れていた。

「…………‼」

本能的に手が止まっていた。

そして躊躇が、その後も手を止め続けた。

しかし、かと言って、ここで本当に止める訳にはいかなかった。圭子は怯えを心の中に残したまま、震える腕をゆっくりと動かして、そろり、そろりと、〝人形〟の入ったバッグの口を少しずつ広げて行った。

がりっ、がりっ、

と音を立てながら、ファスナーが少しずつ口を開ける。

白昼の悪夢の入ったバッグの口が開き、中に入っているものが、露出した。

最初に見えたのは、ほぼ紙束と言っていい教科書の側面。そして暗闇の中、もはや色も判別できないほどの闇の中で、バッグはさらに暗い中身を、がりがりという音と共に露出させて行く。

がりっ……がりっ……

覗く中身。

辛《かろ》うじて視界を保つだけの、ほんの僅かな外の光が、バッグの中に射《さ》し込んだ。

がりっ……がりっ……

バッグの中にあるノートと教科書の重なりが、徐々に露《あら》わになる。

がり、がりっ……

ファスナーの中ほどまで、口が開く。

そこで――――手が止まった。バッグから覗いた教科書に挟まるようにして、〝人形〟の一部がほんの少し、足の部分の先だけが、垣間見《かいまみ》えたのだ。

「…………」

暗闇の中に、青白く浮かび上がる〝人形〟の足。

それだけで十分だった。

これ以上〝人形〟を見ようとは思わなかった。圭子は開いているだけの口からバッグの中に手を入れて、そのまま〝人形〟の姿を見る事なしに、手探りで〝それ〟を手の中へと握り込んだ。消しゴムでできた〝人形〟の、冷たい感触が、手の中に。全ての元凶である、呪われた、小さな〝人形〟。

後は、これを捨てるだけ。

そう思うと、圭子はバッグの中から、〝人形〟を握った手を、そろり、そろりと、静かに引き出して行く。

震えて自由の利かない手を、バッグから抜き出す。

少しずつ、少しずつ。

あと少し。

その時だ。

バッグの中に入れた圭子の手が、

ひやりとした誰かの〝手〟に、突然、ほっそりと摑まれたのは。

静寂。

刹那。

「————嫌あっ！」

悪寒が身体《からだ》を貫いた。悲鳴と共にバッグから手を引いた。引き抜かれた手から〝人形〟が飛び出して、地面に落ちた。へたり込んだ。後ずさった。青白い小さな〝人形〟が地面からこっちを見詰め、その向こうでバッグが、口を開けていた。

「!!」

そして、圭子は見たのだ。

バッグの開いた口の中から、誰かの白い顔が一部だけ、じっ、とこちらを見ているのを。

白い、ほっそりとした、おそらく女の顔。無表情で死体のような〝顔〟が、バッグの口から目元だけを覗かせて、じいっ、とこちらを見詰めていた。

目を見開いた。その場で硬直した。

その〝顔〟はすぐに、バッグの中へと引っ込むようにして、見えなくなった。

しかしその視線は、圭子の目に焼き付いて離れない。バッグの中の視線が、気配が、確かな存在感として、そこに横たわっている。

「…………!!」

ただそこに存在するだけの〝気配〟が、圭子を苛《さいな》む。

目の前の気配に、圭子は追い詰められる。

そして数瞬の後、圭子は突然、這《は》うようにして身を乗り出し、そこから飛び出した。目の前にあるバッグに、そして〝人形〟に向かって、縋りつくように近寄ると、その二つを掴み上げて強く手で握り締めた。

バッグの口が開かないように。

人形が見えないように。

そうして、圭子は震える足で立ち上がると、池へと向き直った。そして〝人形〟を握った手を振り上げると、池に向かって力一杯投げ込み、さらにバッグの中身を池の中へひっくり返して、バッグをも投げ捨てて、この〝裏庭〟から逃げ出した。

教科書が、ノートが池に落ちる、立て続けの水音が響いた。

その音に追い立てられるようにして、圭子は逃げ出した。

もう無我夢中だった。何も考えられなかった。

砂を蹴る音を立てながら、圭子は〝裏庭〟から走り去る。もう嫌だった。裏庭も池も、人形もバッグも、何もかも御免だった。

ぱしゃっ。

そんな背後で、水の音がした。

何かが、池の水から這《は》い出《で》るような音だった。

「…………っ！」

圭子は目に涙を浮かべ、耳を塞いで走り続けた。

こんな時に、あの〝どうじさま〟の〈儀式〉の警告が脳裏をよぎった。


──帰る時には、決して池を振り返ってはならない──


走りながら、圭子は必死で自分に言い聞かせた。

振り返っちゃ駄目だ。

耳を塞ぎ、心の中で必死に繰り返した。

振り返っちゃ駄目だ。振り返っちゃ駄目だ。

走る。繰り返す。


ふりかえっちゃ────だめだ────

…………………………

……………………………………………………

＊

暗闇の〝池〟に、一人の少女が立った。

音も無く〝池〟のほとりに立ったその少女は、無言で〝池〟に散乱する教科書の一つを拾い上げると、圭子の走り去った暗闇へと目をやった。

ぐっしょりと濡れた教科書から、水が滴り落ちて、縁石を濡らす。

少女は暗闇の中で、まるで見えない圭子の背中がはっきり見えているかのように、真っ直ぐにそちらの闇を見詰めて、口元をうっすらと、笑みの形に歪める。

七章　帰還者

1

これで何もかも終わった筈だった。
いや、全て終わるだろう。
終わると思う。
終わって欲しいと────思う。

「…………」

ベッドの上で膝を抱え、布団を頭から被《かぶ》って、圭子は一人、寮の自室に居る。
消灯時間を過ぎても、常夜灯を点けたまま、たった一人。もう深夜になろうかという時刻になっても、圭子は眠れぬ時間を過ごしていた。

常夜灯の電球が放つオレンジ色の無機質な明かりが、部屋をぼんやり照らしていた。だが洋館風の内装で造られているこの寮の部屋は、近代の、しかし蠟燭《ろうそく》に似た色の明かりに照らされる事で、暗闇を克服した明るさでは無く、どことなくこの種類の部屋に付きまとう、拭い難い影が強調されていた。

どこか根本的な部分に、この種の部屋には〝暗さ〟があった。

電球の明かりでも追い出し切れない、いや、なおさら濃く浮かび上がる、影が。

しかし、そうでなくとも、今のこの部屋の光景は普通では無かった。今、圭子がたった一人で居るこの部屋は、ドアの縁が黄色いガムテープのようなもので徹底的に目張りがされ、そして何より一番目立つ家具であるクロゼットまでもが、同じテープによって扉が何重にも徹底的に封印されていたのだった。

それは、異様な光景だった。

それは、ドアを、クロゼットを拘束し、それを隔てた向こう側に、何かを閉じ込めているかのようだった。

またそれは、どこか狂人を拘束する拘束衣を思わせる光景だった。しかし同時に、この部屋自体が狂人の精神の産物にも見え、乱暴に、幾重にもドアとクロゼットを拘束している無数のテープは、それだけで何らかの狂気を連想させるのに、充分な物だった。

これは――――他の誰でも無い、圭子がやった。

あの〝池〟から帰って来た圭子は、怯えによってパニックを起こしていて、恐怖と狂乱に駆られるままに、水彩画の紙をパネルに固定するためのテープを使って二つのドアを封印したのだ。

圭子は〝池〟から、そして〝裏庭〟から逃げ出した後、見えない何かに追われているという錯覚に囚《とら》われていた。そのまま寮の自室に駆け込んだのだが、今度は『扉』という存在への不安に、耐えられなくなった。

扉は開くものだ。

そして隙間だらけ。

今までの経験から、圭子はそれをよく知っていた。ドアの下から指が差し込まれる。クロゼットが開いて中から何かが出て来る。そんな光景がありありと浮かんだ。だからドアの隙間を埋め、クロゼットの扉を閉じて、ベッドの上で膝を抱えて、震えるしか無かった。

「………っ」

圭子はベッドの上から入り口の方を向いて、ドアとクロゼットを凝視した。

何かが入って来ないように見張っていた。二つの〝入り口〟を、じっと見張っていた。

もしも何かが入って来たとしても、圭子に何かができる訳でも無い。しかしそんな事は判っているが、見張らないという選択肢はどうあってもあり得なかった。

自分の呼吸の音だけを聞きながら、扉を見詰めていた。

羽間の夜が作り出す、恐ろしいまでの静寂の中。

少しの物音も、大きく響いて聞こえる、山の中の寮の静寂。圭子はそんな静寂の中で、時折聞こえる建物の軋《きし》む音などに、そのたびごとに怯えながら、ただただベッドの上で固く膝を抱えていた。


……どうしてこんな事に。


震えながら、圭子は考えていた。

全てが終わる筈だったのに。あの〝池〟に〝人形〟を捨てれば、何もかもが元通りになる筈だったのに。

いや、それほどの期待は、自分でもしていなかった筈だ。だがこうして気が付くと、圭子は心の底では、この僅かな希望に対して確信に近い期待を抱いていた事を、今更ながらに思い知らされていた。

これで終わってくれると、心の底ではそう思っていた。

期待を手ひどく裏切られた。そんな感情が、自分の胸の奥底に傷として存在していた。

今まで、そんな強い期待などした事が無かったのに。人に流されていれば、そんな期待など初めからしなくても済んだのに。

自分で決心して、行動したせいだった。

慣れない決心など、するべきでは無かったのだ。

圭子という人間は、そういう巡り合わせなのだ。決心とか、判断とか、行動とか、慣れない事などするから、こんな事になるのだ。

他人の顔色を窺《うかが》って、何となくそれに従っていれば楽なのだ。

何よりもそうしていれば、期待も幻滅もしなくて済む。自分に失望しなくて済む。苦しまなくて済む。

範子《のりこ》が居た時はそうしていた。そうできていた。人付き合いとか、そういった活動的な部分を人任せにしてしまい、代わりに自分の希望や意思は持たない事が、過度に内気な圭子が持つ事のできた唯一と言っていい処世術だった。

どうせ失敗する。

自分でやっても失敗する。

今までの人生で思い知っていた筈だ。状況に追い詰められて、その末に唯一の答えを思い付いた気になって、大逆転できると思い込んだ。そうやって浮かれて余計な事をした時は、いつだって失敗したではないか。

圭子はそんな人間だ。

圭子の胸中にあるのは、ただ歪《いびつ》な罪悪感と無力感だった。

圭子は確信していた。そして恐れていた。

圭子は自分が致命的な失敗をしたと確信していて、その結果がやって来る事をも確信し、それを恐れていた。

あの〝人形〟は――――〝どうじさま〟は、きっと帰って来る。

圭子の後を追って、この部屋に帰って来る。

オレンジ色の常夜灯にぼんやり照らされる、このがらんどうの部屋に。圭子がただ一人で震えている、薄暗い光と、影の満ちている部屋に。

池から、水を滴らせて這《は》い上《あ》がり。

誰も居ない学校の中を、ひた、ひた、ひた、と歩き。

寮の廊下を、真っ直ぐにこの部屋へ向けて近付いて来て。

そして――――ドアの下の隙間から、ぬう、とその白い〝指〟が、差し入れられる。

「…………」

あるいはクロゼットの中から、扉を開いて。

それらを恐れながら、圭子はベッドの上で、じっと二つの扉を見張り続けていた。

見張りながら、恐れていた。

池からの――――〝どうじさま〟の、帰還を。


きしっ……


来た。

夜に満ちる切れるような静寂の中、その小さな軋みの音は、どこからともなく小さなノイズとなって耳に入った。

それは音こそ微かな雑音に過ぎなかったが、その本質において、明らかに普通の物音とは異なっていた。聞こえた瞬間、ぎょっ、と意識が〝そちら〟に向かされた。そして気付いた時には部屋の空気がつい先程までとは、別のものに〝変質〟していた。


「…………………………」


息が止まった。静寂の中、視線がドアとクロゼットの間を泳いだ。

軋みの音が、どこから聞こえたのかは判らなかった。だから、どこから〝それ〟が現れるのかも判らない。

ただ、しん、と冷たい沈黙が、薄暗い部屋に満ちている。恐ろしく透明な硝子《ガラス》のような静寂が部屋に満ちて、黄色の光に照らされた部屋が、ひどく鮮明に知覚された。

肌が、部屋の空気を知覚していた。

時が止まったような空気を、怯えで鋭敏になった皮膚が、感じていた。

部屋中の空気を捉えている皮膚感覚が、違和感を察していた。部屋の空気の中にある微かな違和感を——〝気配〟を、捉えていた。


何かが、居るのだ。


視界には入っておらず、どこにいるかも判らないが、確かに近くに、何かが居る。

それは人のような気配で、しかし到底生きた人間のものとは思えない気配。あまりにも微かで体温の無い、薄めたような人間の気配。ただ人の形をしたものが、息も体温も発さず動くこともせずに、部屋のどこかに居る。そんな気配。

例えるなら——死人の、気配。

それは、夜な夜なこの部屋に現れ、圭子を苛んだモノの気配でもあった。

やはり帰って来た。学校から。その裏庭から。あの〝池〟の中から。この部屋へと。

常夜灯の電球が照らす、この深い影の満たす部屋に。

オレンジ色の陰影に満たされている、この圭子の部屋に。

そこらじゅうに濃い影が投げかけられた薄暗い部屋に。その中に確かにある姿の見えない気配に、ただただ視線が泳いだ。

最低限の明かりに照らされた部屋を、いくら見回しても、〝気配〟の主の姿は無い。

机、椅子、棚、ベッド、あらゆる調度からオレンジ色の部屋に投影された大きな茫洋《ぼうよう》とした影を、いくら凝視しても、何も居ない。だが、そこの、ここの、影に、陰に、何かが潜んでいるという感覚は消えない。ただ孤独に、自分を取り囲む影と闇を見る作業が、理性と正気をじりじりと苛む。

電球の明かりは、部屋の影を強調するばかり。

明るい物は全て暗いオレンジ色に照らされて、暗い物はより暗さを増し、オレンジの中に沈んでいる。

部屋の隅も天井の角も、闇が深くて見通せない。

机の下も、棚の影も、そこに何かが潜んでいても、決して気付く事はできないだろう。

だが、何かが、居る。

どこかに、潜んでいる。

入り口のドアの向こうに。クロゼットの中に。

それは今、ここに、間違い無く、帰って来ている。

――――はーっ、はーっ……

緊張。

荒い息。

濃い陰影によって暗鬱に覆われた二つの扉を、圭子はただ無言で、じっと見詰める。

心が轢《ひ》き潰されそうな緊張に、心臓が早鐘のように鳴った。頭の中で予感が叫び、ドアの向こうに、クロゼットの中に意識が集中し、そして頭の中で膨れ上がった恐怖のイメージが飽和しそうになった時――――急に音が、背後から聞こえた。

きしっ。

ぞわ、と悪寒が走った。

音を立てたのは、入口でも、クロゼットでも無く、ほぼ背後にある窓だった。

窓を覆う、厚いカーテンを吊《つ》るすカーテンレール。金属製のレールと、プラスチックの玉が触れ合って立てる、聞き慣れたあの音。それはすぐ後ろで自分以外の何者かが、カーテンに触れた音だった。

「!?」

鳥肌。恐怖。

慌てて振り返った。

いや振り返ろうとしたその寸前に、脳裏に〝禁止規則〟がフラッシュバックした。

——決して振り返ってはいけない——

瞬時に理解した。

これはそういうものだと。

「……っ!!」

圭子の動きが止まった。その瞬間、音が聞こえた背後の窓から、別の音が聞こえた。

カーテンレールの音とは違う、もっと重い音。

ぱたっ、ぱたたっ……

水の音。

重い水滴が、床に落ちる音。

ずぶ濡《ぬ》れの〝何か〟から、いくつもの水が伝って、大きな粒になって滴り落ちる音。

音は少しずつ、少しずつ数を増す。ぽたぽたと床を叩く音は、やがて徐々に濡れた音に変わり、水溜《みずたま》りに水滴が落ちる音へと、少しずつ音を変えて行った。

さーっ、

と背中の窓から、湿った冷気が流れて来た。

それは足を撫でて、布団を押さえる手を撫でて、やがて顔を撫でて、皮膚と意識に冷気が染み込んで来た。

そうする間にも背後の水滴の音はさらに数を増し、やがては壁を伝って床へと流れる流水の音へと変わって行く。どういう事だろうか、まるで窓の外が池になっていて、窓の隙間から部屋に水を流し込まれているような音が、背後に聞こえる。

「…………!」

振り返る事など、できなかった。

振り返っちゃ駄目だ。心の中で、そう繰り返し唱えた。

ひたすら正面を向き、被った布団の合わせ目を握り締め、背中で聞こえる音に、必死で抵抗する。振り返っちゃ駄目。そんな背中で気配が動く。きしっ、きしっ、とカーテンが軋む。まるで不器用な子供の手が、もどかしくカーテンを開こうとしているかのような、引きちぎらんばかりに布地を引きながらカーテンを開けようとしているかのような、明らかに何か動く物が居る音が聞こえて来る。

きしっ、きしっ……

もどかしく、カーテンが開く音がする。
何かが、不器用に窓のカーテンを開けている。
池の匂いのする、水を滴らせながら。あの〝池〟の匂いのする、冷たく湿った冷気を、漂わせながら。

きしっ、きしっ……

カーテンが、開かれる。
今や窓から、はっきりと〝気配〟がする。
人の〝手〟が、動く気配がする。

カーテンを開く気配がする。

きしっ、きしっ……


カーテンを開く。

何者かの〝手〟が、カーテンを開く。

小さな、水音と共に。ぴちゃぴちゃと水の滴る、暗鬱で湿っぽい音と共に。

そして――


ぎし。


音が途切れた。

その途端、すう、と窓から流れてくる、冷気の密度が濃くなった。

悪寒が、ひしひしと皮膚から染み込んで来た。がちがちと、歯の根が合わなくなった。水の滴り続ける、鍾乳洞《しょうにゅうどう》のような密かな音だけが続いていた。ひたすらに水が流れ、水滴が落ち続ける、澄んだ、しかし、あってはならない音。

水音だけが響く、静寂。

つまり。

たった今、カーテンが開ききった事は、明白だった。


「…………」


背中で、気配が動く。

びくりと、思わずそちらに目が行きそうになる。

振り返っちゃ駄目。必死で自分に言い聞かせる。しかし気配は止まらない。気配は少しずつその全貌を露わにして行く。


ぴしゃっ……


一つ、大きな水音がした。

その音を聞いた瞬間、背筋に怖気《おぞけ》が走った。

「……!!」

それが何の音か、今の鋭敏化した知覚には、振り向かずとも判った。それは床に溜《た》まった水に、〝何か〟が足を降ろした音だった。

「…………！」

漏れそうになる悲鳴を、押し殺した。

何が起こっているか定かでは無かったが、これだけは確かだった。

今、窓のカーテンを開けたモノが、部屋に足を踏み入れた。どこから入ったのかは知らないが、あの夜にクロゼットから出てきたように。何か異常なモノが、何か異常な方法で、部屋の中に侵入して来たのだ。

ぱしゃっ、

再び、足を降ろす音がした。

両足が、部屋に踏み入ったのだ。

「…………‼」

侵入の音。耐えられなくなった。何が起こっているか判らないまま、近付いて来る音を聞き続ける恐怖に、耐えられなくなった。

何？

何が？

背後に向かおうとする視線に、頭の中に〝警句〟が叫ぶ。

――振り向いちゃ駄目。

決して振り返ってはいけない。それがルール。
しかし視線は、オレンジ色に照らされた部屋の中を移動して行った。

――振り向いちゃ駄目。

でも。
怖い。背後の音が、怖い。
何が。

――振り向いちゃ駄目！

もう遅い。
引き攣る視線を巡らせて、恐怖に震える首を動かして。
圭子は窓を振り返ってしまう。

そして、見てしまった。

そこには。

「────えっ」

最初、圭子はそれが何であるか、理解できなかった。

それは『悪夢』だった。何から何までが非現実的で、歪んだ悪夢めいた光景だった。異様なまでに白い、人間の形をした、だが明らかに人間の輪郭からは逸脱した物体が、そこにはあった。それはあえて説明するなら〝人間の形をした肉の塊〟であり、四肢のある人間の形を不細工に模造された、生白い死肉の塊が、窓の縁に引っかかっているとでも言うべき光景だった。

「…………っ!?」

それは、窓から現れた。

開いた窓では無い、ぴったりと閉めた窓の硝子から、その肉塊は出現していた。

硝子の表面はオレンジ色の光に照らされながら、透明に夜の闇を透過させていた。ぼんやりとした光に照らされ、暗い部屋を不気味に映した窓は、例えるならば〝鏡〟というよりも、夜の空を表面に映した〝池〟のように見えるものだった。

窓は、まさしく〝池〟と化していた。

その〝池〟から、ぐっしょりと濡れた水死人のような肉塊が、這いずるようにして上半身を部屋の中に侵入させていた。

窓硝子の中から、そのひしゃげた人体は這い出していた。肉塊は骨が無いかのように潰れていて、ひどく厚みに欠けていて、また上半身に続く筈の下半身は、まるで池の中に半身を浸しているかのようにぶっつりと硝子を境に途切れていた。

しかし肉塊は、そこで切断されている訳では無かった。

今もまさに肉塊は床の濡れた絨毯《じゅうたん》を摑んでいて――――少しずつ、少しずつ、硝子の中から部屋の中へとその身を引き出していた。

硝子の中から、それは苦悶《くもん》するように身をよじらせて、下半身を引き出している。ぐっしょりと濡れたおぞましい音を立てながら肉塊が〝こちら〟に現れるにつれて、硝子の境界から水が溢《あふ》れ、ごぼごぼと湧き出していた。

硝子と、肉塊の境目が動くたび、そこから水が、部屋の中に入る。

その水が、肉塊を濡らし、壁を流れて床に溜まって行く。その光景は母体から這い出す胎児を思わせ、肉塊のおぞましさに拍車をかけている。まさしく悪夢の光景だった。その悪夢のような光景が何であるかを〝理解〟した瞬間、圭子は凍り付き、そこから立ち上がる事さえできなくなった。

「…………………………!!」

見詰めたまま、呆然と座り込む圭子。

座り込んだまま、見ていた。最初に聞いた大きな水の音は、足を降ろした音ではなかったのだと。

それはこの肉塊が、〝腕〟を床に降ろした音だったのだと。

肉塊は、髪の毛の生えた歪な頭部を持ち上げ、溶け崩れた穴のような口を開いた。そしてバラバラに歯の生えた口を絶叫するように大きく開け、しかし全く音のない叫びを、まるで産声《うぶごえ》のように上げたのだった。

「――――――――――――――!!」

そして圭子は見てしまった。

長い、ばらばらに生えた髪の毛の下の、その肉塊の〝貌〟を。

「……うっ……！」

圭子は、その場で口を押さえた。

胃袋が逆流する感覚に、圭子は口を押さえたまま、後ろにずり下がった。しかし萎えた腕と脚ではいくらもがいても、シーツに絡まるばかりで、圭子はただベッドの上でもがき続けるだけだった。

「………………………っ!!」

ぼろぼろと涙を流しながら、逃げようと足掻《あが》く。

何でこんな事になったのだろう。床で続く水の音から逃れようと、圭子は目を閉じ、泣きながら足掻く。

ベッドから転げ落ちる。シーツを絡み付かせながら、必死で床を這う。

必死で這いずり、そして涙で歪んだ視界の中にある、入り口のドアへとようやく辿り着いて手を伸ばした時――――そのドアが目張りのテープをばりばりと引き剝がして、突然に外から開かれた。

暗転。

…………………

…………………………

…………………………

2

近藤武巳は、不意に暗闇の中で、目を開いた。

「うん……？」

ぼんやりと目を開け、ベッドの中で暗い寮の天井を見上げている自分に気が付いた時、武巳は同時に部屋の空気が明らかにおかしい事にも気が付いて、急速に寝ぼけ眼の状態から意識を覚醒させた。

寮の自室。

時間は深夜。

深夜の静寂と、沖本の規則的な寝息が聞こえる部屋で、武巳がまず最初に感じたのは、底冷えのする〝冷気〟だった。

「…………！」

その時までは、武巳は何故自分が目を覚ましたのか、理解していなかった。

だがそうやって、部屋に張り詰める冷気を感じながら、ぼんやりと夢うつつで天井を見上げていた武巳も、流れるして冷気に吹かれるように響いたその〝音〟を聞いた瞬間、ここで何が起こっているのかを瞬時に理解した。

りん、

「！」

鈴の音。

それは、聞き間違えようの無い〝音〟。

その、空気そのものが鳴るような不可解な〝鈴〟の音は、他のいかなる鈴が立てる音とも違う、完全に異質なものだ。

武巳が知る限り、唯一この〝空っぽの鈴〟のみが立てる音は、その意味するところも普通の鈴とは全く違う。この武巳の携帯に付けられている〝鈴〟が勝手に鳴り出す時、それが示すものは、たった一つしかない。


う……！

気付いた。体が動かなかった。

武巳はただ天井を見上げたまま、ベッドの上で何かに縛り付けられたかのように、ぴくりとも動けなくなっていた。

すーっ、と冷気が、そんな武巳の、剝《む》き出《だ》しの頰を撫でる。そして部屋に広がっている冷たく張り詰めた空気の中に、何かが静かに息づいているような気配が、どこからかうっすらと、漂って来ていたのだった。

りん、

あの〝鈴〟の音が、再び響く。

源の定まらない不思議な〝鈴〟の音が響くと、音が空気を直接純化しているかのように、周囲の空気が変わって行く。

いや、おそらく逆だ。空気の〝変質〟に触れた時、この〝鈴〟が鳴るのだろう。いずれにせよ、〝鈴〟の音は周囲の空気をゆっくりと変えて行き、より冷たく、純粋な、ひたすらに透明な空気が、どこからか流れ込むようにして部屋の気配を塗り替えて行った。

それは、人が棲むためのものでは無い、おぞましいまでに純粋な空気だ。

その空気からは、人の呼吸の糧となる安心感では無く、ただ切れるような冷たさと、怖気ばかりが感じられる。

自分の住んでいる部屋が、人の棲む世界では無くなって行く。

どこかに穴が開き、どこか別の世界に繋がって、そこから別の世界の大気が流れ込んで来ている、そんな感覚が肌を覆っている。

「…………！」

武巳は、動けない。

何が起こっているのか、全く判らない。

ただ、頭の奥底が、激しく警報を鳴らしていた。やばい。やばい。それだけは本能も経験もどちらも、何の疑問の余地も無く、明白なものとして確信していた。

何かが、来た。

それだけは間違い無かった。この暗闇のどこかで息づく気配。冷たく、静かな、到底生きたものの気配とは思えない、まるで体温の感じられない冷え切った呼吸の気配が、冷気と共にこの部屋のどこかに侵入していた。


やばい……！

動かない体で、武巳は思う。

この感覚には覚えがあった。部屋に流れ込んで来る空気の匂いと、この〝気配〟には。

この、例えるなら別の組成をした大気を持つ未知の惑星に、たった一人で放り出されたような感覚。

これは、『神隠し』だった。

かつて空目が最初にあやめを連れて来て、そして姿を消した時に、武巳が遭遇した気配と同じもの。この部屋で、空目からかかって来た〝異界〟からの電話を取った時に、瞬時にこの部屋が変質した時と、この〝気配〟はよく似ていた。


なんで⁉

なんでだ⁉


動けないまま、武巳は恐慌をきたす。

訳が分からなかった。何故、今ここで自分の所に〝これ〟が現れなければならないのか、武巳には全く理解できなかった。

だが混乱する武巳をよそに、どこかに居る〝気配〟は闇の中で身じろぎする。

その〝死〟の気配を持つ存在が、この部屋に、静かに降り立つ。

――――ぎし、ぎし。

床の、軋む音。

「!!」

はっきりと聞こえた。動かない体が、それでもびくりと、強く強張った。

聞こえたのは、窓だった。その〝気配〟の持ち主が、この部屋の、窓のある辺りに現れて、

床に体重を乗せたのだ。

ぎし、

足音は再び響いた。

一歩、部屋の中へと、〝それ〟が足を踏み入れた。

「…………!!」

武巳は、せめて身じろぎしようと、必死で体を動かそうと試みる。しかし体は、いくら力を

入れようとしても芯が抜けたように手応えが無く、どんなに足掻いても、指の先さえも動かす

事ができなかった。

ギアが抜けたように、動こうという意志が空回りした。

ベッドの上で、武巳は死体のように横たわるばかりだった。

そんな武巳に、気配と足音は近付いて来る。動けない武巳に〝それ〟は一切の慈悲無く、まだゆっくりと近付いて来る。

ぎし、

一歩。武巳の視線は天井を向いたまま、動かない。

足音の主の、姿を確認する事もできない。逃げる事もできない。

できるのは、ただ部屋に踏み込んで来る〝気配〟を感じ、そして近付いて来る足音を聞く事だけ。声も出せない金縛りの中、ちりちりと冷たい気配が、産毛を逆立てるのを、皮膚の表面に感じる事だけ。

暗闇の中で横たわる武巳に、〝それ〟は近付いて来る。

また一歩、床を踏みしめて。

ぎし、

来る。
もうベッドの足元に居る。
寝ている自分の足元に居る。すぐそこまで、やって来ている。

ぎし、

心が悲鳴を上げる。通り過ぎてくれる事を願う。
神様に祈る。だが足音はそこで止まってはくれず、それどころか〝気配〟は、明らかに、こ、ち、ら、を向いた。

ぎし、

そして一歩。
ベッドの頭の方へ。

ぎし、

一歩。

武巳の顔の方へ。

――――――ぎしっ。

立った。すぐ横に。

「…………………!!」

強張る。心の中で叫ぶ。だがしかし不可解な事に、これほど足音と気配が近くに立ったのにも拘らず、天井を見詰める武巳の視界に〝気配〟の持ち主の姿は入って来なかった。姿の無い足音だけの〝気配〟が、頭のすぐ脇に立っている。何⁉ 何だ⁉ 息が詰まり、恐慌状態の武巳の側で、その〝気配〟は武巳の顔を見下ろして――――

ゴトン!

「――――うわあ!!」

突然響き渡った、物が落ちる大きな音に、武巳はベッドから飛び上がった。

武巳は弾《はじ》かれたようにベッドから起き上がった瞬間、その途端に周囲に満ちていた空気も冷気も気配さえも、一瞬にして何も無かったかのように消えてしまい、周囲にあったのは、ただ何の異常も無い、静かで真っ暗な寮の自室だった。

あたかも蠟燭の火を吹き消したように、たった今まで体験していた〝怪異〟は、残らず全て消えてしまった。そして後に残ったのは、部屋の床の上でブーンという音を立てる、武巳の携帯が振動する音だった。

「あ…………」

呆然とする武巳。

そしてしばし。武巳が自分を取り戻すまでの短い間に、まず床に携帯を落とした犯人であろう振動がすぐに途切れて、次に着信によって点っていた画面の明かりも、やがてふっつりと消えてしまった。

先ほど聞こえた大きな物音が、机の上に置いていた携帯が床に落ちた音だったのだと気付くのに、しばらくの時間がかかった。息が上がり、心臓が激しく胸の中で音を立てていて、それは悪夢から起こされた時に、よく似た感覚だった。

いや、事実、そうだと思った。

悪夢を見て、その最中に携帯の落ちる音で起こされたのだと、武巳はぼんやりとした頭でそう認識していた。

いま感じている自分の身体の感覚と、部屋に広がっている空気の正常さが、その認識の傍証になっていた。まだありありと覚えている、つい今しがた〝怪異〟の中に居た自分の、現実感の失われた状態との落差は、まさに夢と現実の境以外の何物でも無かった。

「…………はあーっ」

武巳は、大きく溜息を吐いた。

全身にびっしりとかいた汗が、夜気によって急激に冷やされていた。

そして――――鼓動を落ち着かせ、息を整えた武巳が、ようやく顔を上げた時だった。

ぱっ、と床に落ちたままだった携帯の画面が点り、再び携帯が着信して、マナーモードの振動が、ブーンと床を鳴らし始めたのだった。

「わ、わっ」

武巳は慌てて、ベッドから降りた。

この深夜の静けさの中では、この振動の音さえも十分に大きかった。

ひったくるように床から携帯を拾い上げ、沖本のベッドを窺ったが、沖本が目を覚ました様子は無かった。武巳は安堵し、机から静かに椅子を引き出して座ると、夜中に二度までもメールを送って来た張本人の名を、暗闇の中で検めた。

『日下部《くさかべ》稜子』

案の定だった。

予想通りの名前に、武巳は嫌な予感を覚えながら、メールを開いた。

そこには、嫌な予感どおり、例の署名が入った本文があった。

『聖なる四つの神の名だ。護符は効いたかね？　小崎摩津方《おざきまつかた》』

何の事だか判らなかった。しかしこれが二番目に来たメールである事に武巳は気が付いて、武巳を夢から起こした、最初のメールの方を表示させた。

だがそちらの文面は、さらに意味が判らなかった。

そもそも、読解の可能な言葉では無かった。最初のメールの本文には、短いアルファベットの単語が四つ並んでいただけだったのだ。

『IHVH
ADNI
IIAI
AHIH』

それだけ。

だが、しばらくそれを眺めていた武巳は、徐々に状況が飲み込めて来て、その表情がだんだんと強張り始めていた。

つまり今のは――――夢では無かったのだ。

あの足音も気配も、武巳が思ったような、ただの〝悪夢〟では無かったのだ。


「うう…………」


武巳は呻いた。それこそ、よほどたちの悪い〝悪夢〟に思えた。

そして、改めて突き付けられた〝実感〟に震え上がりそうになるのを、必死で堪えようとした時、武巳の手の中の携帯が三たび、音を立てて振動した。

「うわ！」

思わず携帯を、手から取り落とした。

携帯は画面から青い光を発しながら、床に転がった。

着信を伝える振動は、すぐに消える。

武巳はそれを、じっと見詰める。

……………………

…………………………

3

暗く静かな、羽間の夜が明けた。

いつものように夜が明けて、翌日の朝。武巳のその日は、ひどく慌てた様子の沖本の声から始まった。

「た、武巳。ちょっと起きてくれ」

「……んん？」

沖本に揺り起こされた武巳は、寝不足気味のぼんやりした意識で目を開ける。

「なんだよー」

「大変だ」

不安に満ちた表情の沖本。時間は見たところ、まだ早朝だ。

はっきりしない意識で、武巳は訊ねる。

「……何が？」

「まずい、どうしよう」

沖本は言った。

「どうしよう、木村ちゃんに――繋がらないんだ」

沖本は電波不通のアナウンスが流れる携帯を片手に持って、不安と焦燥に引き攣った顔で、呆然と武巳にそう告げた。それを聞いた武巳は完全に目が覚めて、ベッドから転げ落ちんばかりに、慌てて身を起こした。

＊

「――不可解だな」

圭子と連絡が取れず、姿も見えないという報告を受けた時、まず空目が口にしたのは、そんな感想だった。

朝の美術室。今日もただ集まって『異常なし』の報告を受けるだけだった筈の現場は、朝早くから駆け巡った連絡によって、今や作戦会議室の様相を呈していた。

武巳が沖本の訴えを聞いて、急いで皆に連絡をしてから、しばしが経っていた。

今この部屋に集まっているのは、武巳を初めとする男子組だけだ。女子組はいま女子寮で集まって、早急な確認に向かっていた。

ここにいるのは現場に入れない、謂わば報告待ちのグループになる。

会議とは言っても、ほぼ話せる事も無い。中心に青い顔をした沖本を置いて、一同は言葉少なに時が経つのを待っている。

「……大丈夫か？」

武巳は顔色の悪い沖本に、そう話しかける。

「ああ……」

沖本は答えるが、その様子は憔悴《しょうすい》して、とてもでは無いが大丈夫には見えない。

失って、失って、失った、沖本の手に残った最後の紐《ひも》に手をかけられているような、そんな不安と動揺。それを必死で抑えている自制。それらが手に取るように判る武巳には、かける言葉が思い浮かばない。

「……」

ただ、押し黙って座る一同。

武巳と沖本の対面に座っている空目は、腕組みし、眉を寄せて何かを考え込んでいた。

隣の机に寄りかかっている俊也は、この部屋の緊張感に反応している番犬のように目元が険しい。俊也の困惑と苛立ちが、鈍い武巳にさえ、こちらも手に取るように判る。

そのうち俊也が、唸るように口を開いた。

「……本当に、単に電源が切れてるとかは、あり得ないんだな？」

　俊也の問いに、沖本が答えた。

「無い、と思う。絶対電源は切らないように、何かあったらすぐ電話するように、あれだけ念押ししたんだ。無い筈だ」

「そうか……」

「それに、ここんところは毎日、必ず朝に確認の電話してるから、それは木村ちゃんも判ってる筈だし……うっかりミスで充電忘れたとかは無いとは言えねえけど……ただ実際、とっくに時間になってるのに、ここに来てない訳で……」

「確かにな」

　俊也もそれは認める。もう集合時刻なのに、圭子は美術室に姿を見せていない。普通に圭子が見付かれば来る筈の、女子組からの連絡も無い。

　何も無く無事である、という僅かな可能性が、今ここで切れた。

　何かが、起こっている。

　ここのところようやく、いくらか和やかになっていた美術室の雰囲気は、すっかり事件の頃へと戻ってしまっていた。沖本が何度も深い溜息混じりの息を吐き、その溜息に混じったものが滞留しているかのように、部屋の空気に緊張と不安が充満していた。

「……」

　武巳は、言葉が無い。

重い沈黙は、ただでさえ重い武巳の心を重くしていた。

元よりそんなつもりは無いが、昨夜あった異常の話など、とてもでは無いがこの場ではできない。武巳の弱い心は、抱え込んだ大きな秘密をほんの少し、ほんの少しだけ皆に漏らしてしまいたいという衝動に常に襲われているのだが、幸か不幸か今のところ、状況が常にそれを許さずにいるのだった。

だからただ、武巳は沈黙する。

「────やはり判らんな」

そんな沈黙の中で、空目が、ぼそりと呟いた。

俊也が訊き返す。

「何がだ？」

「今、ここで木村圭子である理由が判らん」

「理由？」

「可能性としてはもちろんあった。だが、ここで木村圭子が消える可能性は考えられないほど低いと思っていた。なので何かあったとすると、何が要因になったのか判らん。強い要因が無いので、主因が絞り込めない」

微かに眉を寄せながら言う空目。俊也も眉を寄せる。

「確かに避難していれば問題ないって言ってたな。なのに起こった。そういう事か？」

「それもある」

机の上で指を組む空目。

「だが、それ以前の問題もある。理由と目的が判らない」

そう言うと、空目は思案気に沈黙した。

「おい、分かんねえぞ、説明を……」

説明不足の空目の言葉に、補足を求めて、俊也が言いかける。だが俊也はそこで沖本の存在に気が付いて、ちらと目を向け、不満そうに口を歪めつつ、そのまま黙る。

武巳も理由を悟る。もし〝魔女〟に絡む事なら、沖本の前で問い質《ただ》さない方がいい。空目も答えないだろう。そういう事だ。その結果として話が尽き、沈黙が落ちると、それぞれが自然と空目の言った〝理由と目的〟とやらに頭が向かい、いま一体どういう事になっているのかという、思案の沈黙が美術室に降りた。

武巳も、考える。

だが武巳がいくら頑張って考えても空目のようにはいかない。ただ、どうしてこうなったのかという浅い疑問を、ぐるぐると巡らすだけだ。

圭子も、自分も。

自分はともかく、圭子に関しては、避難していれば何も起こらないと、空目からお墨付きまで貰っていた筈だ。

空目は間違っていた？　充分あり得る。

今の武巳は、空目の言う事を無条件に全面的に信頼する事はできない。

だがそこで武巳は、ふと、そうでは無い、恐ろしく単純な想像に思い至った。

「なあ……」

武巳はおずおずと口を開いた。

「もしかしてさ……木村さん、避難してなかったんじゃないか？」

「……」

その思い付きを口にした。それを聞いた空目は武巳を見て、少し驚いたように、また不可解そうに眉を寄せた。

「……もちろん可能性としてはある。だが、何故だ？」

そう聞かれてしまうと、武巳は言葉に詰まる。

「あ、いや……」

「そんな事をしても意味が無い。それこそ理由が無いだろう」

「いや……何となく……」

「……」

「ほら、泊まるところが無かったとか……」

「それこそ判らんな。それならば俺達に言えばいい。他にどうとでもできた」

「そりゃまあ、そうなんだけどさ……ほら、言いそびれたとか、恥ずかしくて言えなかったとか……あるじゃん？」

「恥ずかしい？　何がだ？」

「あー、遠慮しちゃったとか……えーと……とにかく他にも何かさ、理由があって、自分の部屋から避難せずに居続けたんじゃないかと……」

「……ふむ。まあ確かに、現実としてそういう事もあるか」

自分でも嫌になるしどろもどろな武巳の説明に、空目は微かに首を傾《かし》げた後で、ともかく武巳の言葉の可能性を認める。

「木村圭子が俺の言葉を信じていなかったのかも知れんな」

「あっ……」

武巳は虚を突かれる。確かにその理由の方が合理的な考え方だ。だが武巳はこれまでのやり取りで、思うところがあった。

おそらく空目は、あまりにも理屈に合わない人間の思考は理解できない。

その浮世離れした人格と知性は、人間としての理屈でも、生物としての習性でも説明する事ができないような、ごく個人的な人間の度を越した弱さといったものは、思考の及ぶ範囲外なのだ。

そういったものとはかけ離れた動機で行動してしまう人間は、確かに居る。

とても詰まらない、羞恥心とか、自意識とか、タイミングとか——そう、例えば些細《ささい》な事で最初に言いそびれてしまった結果、〝そうじさま〟の事を未だに隠す羽目になり、さらにそこから雪だるま式に言えない秘密を増やし続けている、自分でも馬鹿だと思っている今の武巳のようにだ。

圭子からは、少しだが、自分と似た匂いがした。

あまりにも弱いただの人間。少なくとも圭子に関しては、空目が考えるような合理的な理由よりも、武巳の混乱した説明の方が真相に近いのではないかと思うのだ。

いや、それこそが〝普通〟なのだ。

武巳は思う。

空目のような人間と、武巳とは違うのだと。

自分は凡人なのだと。それから——多分、圭子も。

「……」

数秒の沈黙の後、武巳は、すっと椅子から立ち上がった。

武巳の中に湧いた、断絶感、隔絶感が、武巳に席を立たせたのだ。

「…………どっか行くのか？」

沖本が顔を上げ、訊いた。

「あー………ちょっと、トイレ」

そう言い訳するのが、武巳には精一杯だった。

4

「…………………!?」

部屋に入った瞬間、亜紀は絶句した。

女子寮十一号棟。鍵の閉まっていなかった――――その時点で既に異常なのだが――――圭子の部屋のドアを開け、中へと踏み込んだ瞬間、亜紀の視界に入って来たのは、まさに惨状としか言えない光景だった。

「……っ、何これ？」

亜紀が思わず呟いたのは、まずは床の状態だった。圭子の部屋は、水が流れ込んだのか、それともぶち撒《ま》けたのかは判らないが、ともかく水が入り込んでいて、床一面にうっすらと水が張っているような状態だったのだ。

カーテンも濡れている。豪雨の日に一晩中窓を開けっ放しにしてしまったなら、こんな風になるだろう。だがカーテンの向こうの窓は閉まっていて、そもそも昨晩は、こんな惨状をもたらすような雨は降っていない。

部屋には誰も居ない。布団とシーツが、ベッドからずり落ちていた。

どちらも床の上に落ちて、見て判るくらい、ぐっしょりと重く水を吸っていた。

何とも言えない、冷えた空気が部屋に満ちている。

それらを見て取った亜紀は――――そんな惨状の部屋に、躊躇《ためら》い無く、しかし注意深く、客用スリッパを履いた足を踏み入れた。

ぴち、ぴち、と一歩ごとに音を立てる床。

亜紀の後ろから部屋に入ってきたあやめは、最初に床を踏んだ瞬間に、「ひゃっ」と短い悲鳴を上げた。


「…………」


亜紀がここにやって来たのは、つい先程だ。

最初に武巳からの連絡を受けて、皆でやり取りしてからしばし。亜紀と稜子、そしてあやめは、女子寮で待ち合わせて、こうして十一号棟へとやって来ていた。

集まってからの役割分担は早かった。寮生への聞き込みを稜子に任せると、亜紀はあやめと共に圭子の部屋へと踏み込んだ。社交的な部分は稜子に任せて置けば間違い無い。代わりに亜紀が部屋を調べる形だった。

だがこの状態は、予想していなかった。

水浸しの部屋。部屋は大量の水のためか、異常に思えるほど空気が冷えていた。

中に入ると、部屋に満ちる空気は、何か独特の水の匂いがした。亜紀はどこかで憶えのあるその匂いに、刹那考え込んだ。

そして思い出す。

池の匂いだった。裏庭の、あの〝池〟の、水の匂い。

「！　この馬鹿者は……！」

それに気付くと同時に、亜紀は思わず、低く毒づいた。聞こえたらしいあやめが一瞬怯えた表情になって、亜紀を振り向いた。

「……」

亜紀はそれに構わず、部屋を見回す。

亜紀は確信した。圭子は避難などしなかったか、あるいは戻って来て、〝池〟、つまり〝どうじさま〟の怪異に遭ったのだ。

そして姿を消した。

どこかに逃げたか——さもなくば、もう。

「はあー……」

亜紀は、不愉快気に溜息を吐いた。

避難さえ徹底していれば、きっとこのような事態にはならなかったのだろう。

それを思って、亜紀は心の中で毒づく。馬鹿者め。自分の事を棚上げしている自分を、同時に激しく自嘲しながら。

「……」

亜紀は不機嫌に眉を寄せ、改めて、無言で部屋を見回した。

そうして見る部屋は、水浸しの床以外にも、見るだに異様なものがあった。

まず目立つのは、クロゼットの扉に何重にも貼られている黄色のテープだ。ぴったり閉じられた扉の上から、まさに鬼気迫るという形容が相応《ふさわ》しい勢いで、幾重にも黄色のテープが貼られていて、クロゼットが封印されているのだ。

映画で警察が事件現場に張り巡らせる立ち入り禁止のテープを思わせる。

それを錯乱した警官にやらせたような、そんな印象。

部屋自体が荒らされている形跡は無いが、そのテープと、そして水浸しの床は、部屋の印象を最悪にしている。有り体に言えば不気味なのだ。狂的と言ってもいい。

同じテープは、部屋の入り口のドアにも貼られていた。

外からは見ても判らなかったが、部屋の内側からドアの隙間を、黄色のテープが厳重に目張りしていた。

何をしたかったのかは、大体見当が付く。圭子から聞いた〝怪異〟の話からすると、それから亜紀が自らの目で確認した以前の部屋の様子からするに、部屋に誰か、いや、何かが、侵入して来るのを、どうにかして防ごうとしたのだろう。

大方のところは間違い無いと思われた。

いつからこの状態だったのだろう。亜紀はさらに不機嫌に、眉根を寄せる。

いつ部屋に帰って来たのか。いつから怪異に遭っていたのか。ヒントになるような、何か変わった様子が無かったかと、今までの圭子の様子を亜紀は思い出すが、記憶にある圭子の態度や様子はいつもあの調子で、不審な様子と言うならば常にそうだった。

「あー、もう……」

かえって、余計に苛立つ亜紀。

そんな亜紀の苛立たしげな挙動のたび、びくりと反応して様子を窺うあやめも、亜紀の苛立ちを増す。このさほど広く無い部屋では、あやめの目立つ服も、その挙動もどうしても視界に入る。亜紀は極力あやめを意識から追い出し、思考と観察に意識を向ける。

この水は、一体どこから入って来た？

ここで、何が起こった？

そう考えながら、部屋を眺める。そうして部屋を歩くうちに、亜紀はふと気付いた。

「……」

　スリッパで歩く床の、水の状態だ。

　入り口側よりも、窓側の床の方が、濡れの状態が酷《ひど》い。酷いと言うか、明らかに窓側から流れて来ていて、ドアに到達する寸前で水溜《みずた》まりの先頭が止まっている。

「窓……？」

　亜紀はカーテンの開け放たれた窓に、注意深い足取りで近付いた。

　窓側の床は壁際まで、完全に水で満たされている。

　つぶさに窓を観察する。

　すぐに気付いたのは、窓のサッシに溜まった水だった。サッシのみならず窓枠がぐっしょり濡れて、そこから窓の下の壁紙までもが濡れている。当然カーテンもすっかり水を吸い、重く垂れ下がっている。

「……ふうん」

　間違い無い。水が入って来たのは、窓だ。

　亜紀は洋風の外開きの窓の、しっかりと閉まっていた鍵を外す。

　開けた。外を見た。

　窓の外側を。だが窓枠の外側は、予想とは違って全く濡れてはいなかった。

　開けた窓から落ちた水滴が、外枠に真新しい水滴の痕をぽたぽたと描き出した。窓枠とガラスの境の部分に指を触れさせると、内側の境には水が溜まっていたのに、外側の境は完全に乾いていた。

「……」

結論する。窓の外では無い場所から、水は部屋の中に持ち込まれた。

そして窓側から、流す、あるいはぶち撒ける形で、部屋を水浸しにした。

そこまで考えて何か引っ掛かる。だが、何がどう引っ掛かっているのかは判らなかった。何かがおかしい。亜紀はそこに立ち尽くし、口元に手を当て考える。

だが考えても、結論は出ない。

窓から水を流したのは確実なのだが、何かがおかしい。

「……なんだろ？」

亜紀は考える。

だがその時、亜紀の背後から、あやめが口を出した。

「あ、あの……その窓は……〝池〟です」

亜紀は振り返った。

「はぁ？」

「ご、ごめんなさい……！」

途端にあやめは縮こまる。その態度に、以前この部屋であった事の既視感を感じて、亜紀の心の中には激しい苛立ちと、自己嫌悪が膨れ上がる。

「いいから」

目を閉じて、大きく息を吐き、気を落ち着ける。

そして、

「〝池〟ってどういう事？　説明して」

それだけ言う。

意識して抑えた亜紀の声に、あやめは逆に、窺うような視線を向けて来る。

「……」

亜紀は自分を抑えながら、何も言わずに待つ。

あやめはようやく、それで少しだけ態度を軟化させた。身を固くしていたのを緩め、それでも窺うような視線はそのまま、上目遣いに亜紀を見て、それからおずおずと説明の言葉を口にした。

「あの……その窓は……〝池〟なんだと、思います」

「池？」

問い返す亜紀。

「はい……そう、視えます。もう一つの世界に、重なって」

「〝視える〟、ね」

その答えに亜紀は肩を落とす。亜紀にとっては疎ましい、この娘の能力。それでも今は空目にとって、どうしても必要なものだった。

「同じものなんです……多分、それらは『私達』にとって、本質的に……」

「同じ？　あんたらにとって？」

「はい……共通しているんです。だから同じものとして……〝見立て〟に使えます。『詩《うた》』のように」

「…………」

何かひどく本質的な事を言われたような気がした。亜紀は窓を振り返る。

これが〝池〟だという。

理解はできない。だが、妙に納得できる部分はある。

この部屋に入った瞬間に感じた、この部屋に満ちていた〝池〟の匂い。少なくとも、この部屋で起こった事は確実に〝どうじさま〟に絡んでいる。亜紀は考えを巡らせながら、窓のガラスの表面を眺める。

そうしていると、あやめが再び、おずおずと口を開いた。

「あの……」

「ん？」

今度は少しだけ友好的に返事をする。

　ヒントはいくらでも欲しかった。だがそんな亜紀の態度は——次のあやめの言葉を聞いた瞬間、豹変《ひょうへん》する事になった。

「あの……その〝人形〟は……どうしたんですか？」

「は？」

「左手に〝人形〟が見えるんです。ご祈禱の紙人形みたいな、もっと厚い……」

「！」

　瞬間、亜紀は凄まじい剣幕になって振り返り、靴下が濡れるのも構わずに、大股であやめに詰め寄った。

「ひ!!」

　その剣幕にあやめが身を硬くする。亜紀は構わず手を伸ばす。そして身を庇《かば》うあやめの手を跳《は》ね除《の》けると、その胸倉を摑み上げて、壁に強く押し付けた。

「……ねえ、その事は、恭の字に言ったの？」

　短い悲鳴を上げるあやめに、亜紀は険しい目つきで顔を近付けて、言った。

　ふるふると苦しそうな表情でかぶりを振るあやめ。そんなあやめに、亜紀はさらに強く詰め寄って、続けて言う。

「そう。じゃあこの事は誰にも言わないで。いい？」

「え、で、でも……」

「いいから！　他言は絶対にしないで。もし誰かに言ったら——私はあんたを、絶対に許さない」

「…………！」

亜紀はあやめの怯えた瞳を覗き込んで、低い声で恫喝《どうかつ》する。

そして返事を待たずに手を離すと、あやめに背を向ける。あやめは軽く咳《せ》き込むが、亜紀は顧みない。

「…………………」

部屋に、沈黙が落ちた。

そうしていると、ばたばたと戻って来た稜子が部屋に入って来て、足を踏み入れるなり濡れた床を踏んづけて、「わっ！」と悲鳴を上げた。

「わっ、わっ、何これ!?」

慌てて濡れた自分のスリッパと、床を確認して、それから顔を上げる。

そして部屋の雰囲気に気付いて、戸惑いの表情を浮かべる。

「……えーと、もしかして、何かあった？」

「別に」

亜紀は素っ気なく答えた。

「それよりどうだった？　居た？　誰か知ってる人は？」

「あ、えーとね…………そ、そうなの、居なかったの！」

逆に矢継ぎ早に質問すると、稜子は戸惑いつつも、確かにそれどころでは無いと思ったのだろう、自分の聞き込みの結果を答えた。

「居なかったし、何ていうか…………誰も知らなくて」

「そう」

「みんな何だか、圭子ちゃんの事を良く知らなくて、あんまり見てないらしくて……」

「だろうね」

言い捨てる亜紀。それを聞いて、稜子は不思議そうな顔になる。

「えっ？　知ってたの？」

「知るわけ無いでしょ」

ふん、と亜紀は答える。

「でもこの部屋の様子を見るに、どこかで難を逃れた雰囲気じゃないでしょ。この部屋に居たとしか思えないからね」

「あ、そっか……」

亜紀の言葉に、稜子も消極的に同意する。

稜子は気味悪げに、水浸しの部屋を見回す。そして部屋の惨状を改めて認識して、心配そうにぽつりと呟く。

「……大丈夫かな、圭子ちゃん」

「さあね。でもその手掛かりを見付けるのが、私らの仕事でしょ。ここで何が起こったか、あの子がどこに行ったのか」

「うん……そうだね」

俯き気味に頷く稜子。亜紀はそれを放って、再び部屋の捜索を始めた。

全てを調べるためにはクロゼットを開けなければならないが、クロゼットを確認するまでも無く、圭子のものと思われる私物は机にも棚にも丸ごと残されている。濡れた床に辟易《へきえき》しながら、何か手掛かりになる物が無いか探す。

すぐに稜子も、捜索に加わる。

そして二人で捜索を始めてほどなくして、亜紀は部屋の中に、どこかで見覚えのある物を発見した。

「……ん？」

圭子の机の下に、押し込めるようにして転がっている物。

スポーツバッグだった。学校指定。だが持ち手に付いているキーホルダーと、美術部員特有の絵の具汚れには、覚えがあった。

圭子のバッグだ。もう何度も学校で会っているので、記憶していた。亜紀達の見ている限りの、最後の圭子の持ち物。何か手掛かりが入っているかも知れない。というよりも、手掛かりがあるとするならば、これはかなり可能性の高い物である気がする。

「……んっ」

亜紀は身を屈《かが》め、バッグを机の下から引きずり出した。

バッグはぐっしょりと水を吸っていた。重い。確かに水浸しの床の上に置いてあるのだから濡れること自体は当たり前だが、それにしてもやや不自然な濡れ方に見えた。床に接している下部だけでなく、上の方も、持ち手に至るまで、完全に水を吸っているのだ。冷え切った金具を摘んでファスナーを開け、中身を見た時、亜紀はその不自然な印象をさらに強くした。

中に入っていた教科書類が、一見して濡れた大量の紙ゴミが詰まっているとしか思えないほど、ぐしゃぐしゃに乱れていたのだ。

そのことごとくが重く水を吸い、ノートも教科書も、ページが破れる事さえ一切お構い無しに、詰め込まれている。一度水の中にひっくり返したものを、再び乱暴に詰め戻したかのように見える。開いたまま詰め込まれたノートのページが絡まり合い、亜紀が取り出そうとすると、あっさりと破けた。完全にゴミだ。それでも亜紀は可能な限り注意深く、ゴミ同然になった教科書類を、できるだけ崩さないように取り出して行った。

それでも濡れた紙くずが、濡れた床に積み上げられて行く。

教科書もノートも辞書も、完全に水濡れで駄目になっている。

日記帳でも無いかと思って、ノートは特に注意して分けるが、授業に使うもの以外の私物は今のところ見付かっていない。ハズレか、と既に八割がた判断した亜紀は、その中に冊子のようなものが入った大判の封筒を見付けて、何の気なしに中身を検めた。

中は湿っぽいものの、水浸しは免れた一冊の冊子が入っていた。

日記などでは無いようだ。印刷装丁された本。やはり目的の物では無さそうだ。そう思いつつも、一応取り出す。

出て来たのは、意外と厚さの割に立派な装丁をした冊子だった。

白っぽく脱色した、何かの皮で装丁したような冊子。

表に返して、表紙を見た。

瞬間、亜紀は固まった。

凍り付いた。

忘れようもない題名が、そこにあったのだ。

それは――――

「『奈良梨取考《ならなしとりこう》』⁉」

亜紀は驚いて声を上げ、そして稜子を振り返ろうとした。

だがその瞬間、首筋にひやりと、冷たい物体が押し付けられて、亜紀は目を見開き、びくりと動きを止めた。

「⁉」

その亜紀の耳に、あやめの「ひっ……！」という押し殺した悲鳴が聞こえる。そして同時に亜紀の皮膚が感じたのは、すぐ背後に立っている、圧倒的とも言える、濃縮したような意思ある人間そのものの気配だった。

「――――〝緊張〟は、相手の術中に嵌《はま》る最大の禁忌だ」

稜子の声がした。

稜子の声はしわがれていた。稜子の声が、稜子のものとは思えないくらい、低くしわがれた声で、動けない亜紀に、囁《ささや》くように語りかけた。

「今のお前は、私の術から逃げられん」

「…………！」

「そこの『神隠し』の娘も、ここでは全く役に立つまい。近くに意思決定者がおらんのだからな。〝感知〟程度の役には立っても、こうなっては無力だろうて」

亜紀は息を呑む。

何が起こったのか、ようやく飲み込めた。

自分の首に当てられている物が何なのか。そして、そこに居る稜子が、〝誰〟なのか。

「さて、始めようか……」

笑みを含んだ稜子の、いや、小崎摩津方の声が響いた。

高らかな、謡うような、呪文を唱える者の口から。

「これは私からの、〝宣戦布告〟だ」

そう言って、摩津方は笑った。そして亜紀へと顔を近付けると——そっと耳元へ、何語とも判別できない呪文を囁き始めた。

八章　再誕

1

美術室に、見た事が無いくらいに慌てたあやめが飛び込んで来たのは突然の事だった。

「……………な……？」

美術室の扉を開けて、その臙脂色の衣装を翻して飛び込んできたあやめは、突然の事に驚く俊也達の前で、息を切らせて空目へと飛び付いた。

椅子に座る空目にしがみ付き、あやめは怯えた表情で空目の服をぎゅっと掴むと、強く目を閉じてそのまま小さく震え始める。訳が判らない俊也達が半ば呆然と見守る中、空目は静かにあやめの手を引き離すと、全く冷静ないつもの声で、あやめに問いかけた。

「木戸野と日下部は、どうした？」

「……………！」

その時点になって、俊也はようやくこの事態の、本当の意味での異常に気付いた。

あやめはその目に涙を溜めて、空目に訴えた。

「あ……あの…………現れたんです、小崎…………摩津方が……」

「は？」

あやめの必死な、しかしひどくか細い訴えを聞いた瞬間、俊也は思わず不審と驚きの入り混じった声を上げた。

「小崎摩津方？」

それは、今更聞くにはあまりにも場違いで、そして絶対に聞きたく無かった、俊也にとってトラウマに近い事象を残した最悪の名前の一つだった。

「稜子さんの中の…………小崎摩津方が……」

あやめは切れ切れに訴える。

空目はただ頷く。

「判った」

そう言って、立ち上がった。

だが判らないのは、俊也の方だった。

「おい空目、何があったんだ？」

俊也は、強い調子で訊ねる。

「摩津方だと？　何でこんなところでその名前が出て来るんだ⁉」

その詰問に、空目は目を細めた。

「出てきて不思議な名では無いだろう」

「不思議に決まってんだろ！」

俊也は眉を吊り上げる。こんな所で、その名前が出てくる事が不思議でない筈が無い。俊也にとっては終わった筈の名前なのだ。

「あの事件はもう終わった筈だ」

「そうか、なら認識を改めた方がいい」

空目は言った。

「認識？」

「今までの事件で、本当の意味で終わったものなど何一つ無い」

「……っ！」

俊也の表情が、凍り付いた。

「急ごう。危急を要する。話が必要なら途中でもできる」

驚愕《きょうがく》する俊也に構わず、空目は言いながら上着を羽織る。そしてあやめを引き連れて、美術室を出て行こうとする。

「お……おい、ちょっと待ってくれよ」

一人取り残されていた沖本が声を上げた。

「どういう事？　何が起こったんだ？」

戸惑いを隠せない様子の沖本に、空目は淡々と言う。

「ちょっと問題が起こったので、見て来る」

「え？　ちょっと待ってくれよ、俺も……」

「いや、ここで待っててくれ。危険な可能性があるし、ここに誰か帰って来るかも知れん」

「え、待てよ」

沖本は半分立ち上がっている。それを空目の視線が抑える。

「だってよ、木村ちゃん絡みなんだろ？」

「そうとは限らない」

「そんな事言っても、木村ちゃん捜してたんだろ？　その子達……」

「そうだ。だが問題ない。待機していてくれ」

「でも……」

「近藤が、まだ戻って来ていない」

空目は言った。

「え？　あ……」

「待っていてくれ。近藤が戻って来たら、俺達がしばらく出ている事を伝えてくれ。これも必要な役割だ。戻って来た近藤を一人にはできない」

「あ……ああ、判った……」

沖本はそう聞くと、渋々と元の椅子に座った。

空目はそれを確認すると、すでに手をかけていた美術室の扉を開く。俊也は渋面でそれに続いた。空目は美術室を出ながら、あやめに訊ねた。

「二人はどうなった？」

その問いに、あやめは答えた。

「ごめんなさい、分かりません……」

「判った」

空目はそれだけ言う。

そして迷い無く、大股に廊下を先に行く。

事態を理解していない俊也とあやめが、慌ててその後を追いかける。

＊

「――――最初に謝罪しておこう」

嫌な予感はしていた。

　歩きながら俊也が説明を求めた時、最初に空目が言ったのは、そんな言葉だった。

「俺は、小崎摩津方について把握している事実と、起こり得る状況の予測を、お前達には全て伏せていた」

「……！」

　俊也は、強く口を引き結ぶ。

　それだけでも充分に嫌な話だったが、まだ何も説明されていない。俊也は自分を抑えて、話の続きを促す。

「…………それで？」

「実は理事長の花壇の事件の時、俺は小崎摩津方が再び現れた事を、すでに疑っていた」

　促しを受けて、空目は先を言う。

「あの『花壇』に踏み入った時、実はある残り香を嗅いでいた。それは小崎摩津方の〝梨〟の匂いだ。爛熟《らんじゆく》した梨の実の、かつて小崎摩津方の事件の時に感じたものと同じ匂いだ。香りはすぐに消えてしまったが、おそらく間違い無い。

　始めはあの『花壇』が、製作に小崎摩津方が関わった物であるせいかと思った。だがすぐに違うと判断した。あの〝梨〟の香りは、小崎摩津方という存在そのものの〝匂い〟では無く、摩津方が自らの復活のために織り上げた『魔術』の〝匂い〟だからだ。その〝匂い〟を『花壇』が持っている事は考え難い。『花壇』の目的は、それでは無いからだ」

早足でどんどん歩きながら、空目は説明する。俊也は黙って聞く。

「ならば、考えられる事は一つ。あの場所には〝復活〟した小崎摩津方が居た」

「!?」

そして口にされた結論に、俊也はさすがに息が止まった。

「なんだと……!?」

「そして、もし小崎摩津方が〝復活〟してあの場所に居たという説を採った場合」

驚く俊也をよそに、空目はさらに推論を加える。

「すでに立ち去った後ならばいい。だがもしそうで無かった場合、あの場所に居る人間を考えると、依り代として最も確率が高いのが日下部だった」

「……！　確かにそうか……！」

俊也も認めざるを得ない。何しろ、すでに一度そうなりかかったのだ。

「そして俺は、その可能性を伏せた」

問題はそこだ。

「……何故だ？」

「その疑念が当たっても外れても、藪蛇《やぶへび》になる恐れが強かったからだ」

低く問いかける俊也に、空目はそう答えた。

「当たっていれば、確実に摩津方は本性を現すだろう。そうなれば日下部がどのようになるか判らない。そして間違っていた場合は、日下部に余計な事を思い出させるきっかけになりかねない。あれから見たところ、日下部は今までと変わりないか、または摩津方が変わりない振りをしている様子だったので、ならばわざわざ蛇を出す必要は無いと考えた。お前達に教えるのも余計なリスクだった」

「まあ、そうだろうがよ……」

悔しげに俊也は納得する。だが納得していない。

「そういう理由で、悪いがこの話は伏せていた。済まなかった」

空目は言う。

納得し、納得できないまま、俊也は一拍の沈黙の後、口を開いた。

「もうそれはいい。で、どうすんだよ」

訊ねた。今はもういい。問題はこうなってしまった今、どうやって稜子を助けるかだ。空目は学校の敷地、校庭を、迷いもせず真っ直ぐに進んでいる。どう見ても完全に、最初から目的の場所があるようにだ。

「おい、まさか」

「場所は判っている」

案の定、空目は答えた。

「どういう事だ？　また……〝匂い〟か？」

「それもある」

空目は振り向きもせずに、敷地の外れの方へと大股に進んで行く。

「それよりも村神。よく聞いてくれ」

だが空目は最後まで説明せず、取り急ぎといった様子で話題を変えた。

「何だ？」

「お前の能力は、実は魔術師に対しては極めて有効な手段だ。これ以上は無い武器だと言っていい」

「……は？」

俊也は、思わず眉を寄せ、声が低くなった。

「なんだと？」

「いいか、単純な暴力というのは、実は魔術師に対して極めて有効な武器だ」

空目は言った。

「精神集中、暗示、儀式魔術——————それらが仮にどれだけ強力なものだったとしても、一切の耳を貸さずに攻撃した方が遥かに早く効果的だ。最終的に『魔術師』がどれだけ異形の叡智《えいち》を持っていても、どれだけ異常な現象を起こせるとしても、目の前の物理的打撃が一番の脅威だ。そこは普通の人間と全く変わらない」

断言する空目。

「だから、繰り返して言うぞ。お前は魔術師の言葉には、一切耳を貸すな」

どことなく強い口調で言う。

そして先を行きながら、振り返って、俊也の目を見上げる。

「…………」

沈黙。

俊也は一度、目を閉じる。

「…………わかった」

そして空目の目を見て、頷いた。

今までの動揺が、嘘のように心が決まっていた。たった今まで必死で知りたいと思っていたあれこれに、今だけは全く興味が無くなっていた。

「よし」

頷き返した空目は、そこで不意に立ち止まった。

俊也も立ち止まり、あやめが追い付いて、そしてそこにある建築物を見上げて、俊也は眉を顰めた。

「なるほど、〝匂い〟以外の根拠は、これか……」

「ああ」

空目はその建造物を背に、頷いた。

「ここだ。今は失われた〝首吊《くびつ》りの樹〟。この現実世界では失われた——小崎摩津方の、本貫地だ」

そこにはかつて首吊りの樹があり、今は伐《き》られ、その跡地に建てられた、新しい東屋《あずまや》が、不気味なまでの静かな佇まいで建っていた。

……………………………

2

その時、圭子はどことも知らない場所に居た。

幾本もの樹が茂り、その彼方に学校の建物が見える、そんな屋外。鬱蒼《うっそう》とした枝葉が頭上を覆っている見た事も無いほど巨大な大樹の足元に、圭子はパジャマ姿のままで、呆然と座り込んでいた。

見えるのは遠くの学校の建物と、たくさんの樹木だ。

景色だけを見ると一目で学校の敷地と判るこの場所だが、しかし圭子の知る限り、学校内にこのような場所は存在しなかった。

圭子の頭上を空も見えないほど覆う、冗談のように大きな樹。

テレビで見る、外国の景色でしか見た事が無いくらい巨大な樹は、抱えきれないほどの太い幹が幾重にもねじくれて、まるでおとぎ話や絵本に出てくるような、妙に現実感の無い景色を作り上げていた。

夕焼けなのか、枝葉から垣間見える空は、血のように赤かった。

視界に広がるどこか荒涼とした白い印象の地面には、樹木から伸びた赤い影が、長く長く尾を引いている。

学校だというのに、ひどく静かな事が、景色から尚更に現実感を失わせていた。

きーんと耳鳴りがするほどの無音が広がり、空気にはどことなく独特な香りが、微かに、確かに、香っている。

圭子はそんな現実感の無い世界で、ぼんやりと座り込んでいる。

ここはどこだろう。そんな事を、ぼんやりと考えながら。


「…………」

圭子は地面に座って、呆然と景色を眺めていた。

圭子の座り込んでいる地面には、何か木炭のような黒い粉で複雑な文様が描かれていた。

ぐるりと圭子の周りを円が囲み、その中に文字とも模様ともつかない緻密な図形が描かれている。それがいわゆる魔法陣と呼ばれるものだと、漫画やゲームの知識から、圭子は実感なく考える。

空気が、冷たく停滞していた。

静かで、動きが無く、まるで世界の時が止まってしまったかのようだった。

そんな茫漠《ぼうばく》とした世界に一人で居る圭子は、自身が静寂の中に溶け出して行きそうな感覚を感じる。自分の心が、意識が、虚無的なまでの静寂に吸い出され、純粋な空気の中に拡散して行きそうな、そんな少しだけの不安と、反面大きな安らぎを感じる。


「…………」


静寂の中に、自我が溶け出して行く。

意識が、拡散して行く。

そんな拡散した意識に、不意に、小さなノイズが入った。そのノイズに、はっ、と圭子は、意識が引き戻された。

――――じゃりっ……

砂を踏む、音がした。

「……！」

ノイズ。始めてこの場所で聞こえた音に、圭子は慌てて、周りを見回した。

いつの間にか、背後に人影が立っていた。たった一度だけ砂を踏む音をさせて、突然すぐ近くに、それは現れた。

その姿を見た途端、圭子は思わず悲鳴に近い声を上げた。

「範ちゃん……！」

それは、範子だった。

圭子の後ろに、死んだはずの水内範子が、圭子の知るそのままの姿で立っていたのだ。

その顔も、微笑みも、制服も、そのままで。圭子は息を呑み、目を見開き、そして感情を決壊させて――――身を乗り出して、その両手を範子へと差し出した。

「範ちゃん！　範ちゃん！」

圭子は手を伸ばす。繰り返し、名前を呼びながら。

会いたかった。本当に、本当に、心から、会いたかったのだ。

範子が居なくなってから、圭子は何もかもが駄目だった。これほど世界が生き辛《づら》いものだと初めて知った。以前は知っていた筈だったのに、初めて知った。範子との日々で、過去を完全に忘れていた。

範子が居たおかげで、たくさんの間接的な友達が居た。

全員圭子の友達では無く、範子の友達だったが、それでも圭子は満足だった。

友達だけで無く、寮の皆とも普通に付き合う事ができた。範子が居たから、皆もその友達として扱ってくれたからだ。

範子が居なくなってから、全てが壊れた。

寮の皆も最初は同情してくれたが、すぐに圭子を空気のように扱うようになった。

自分が悪い。誰かを介さなければ話もできない自分のせいだ。それは解っている。だが範子が居なくなった時、圭子は人間では無くなってしまった。

今まで範子にして貰っていた事が、あの時から全て圭子にのしかかって来た。

圭子はそのどれもが満足にできず、とても辛《つら》かった。

自分から人に話しかける事が辛かった。

自分で何かを決める事が辛かった。

自分から何かをするのが辛かった。

圭子には範子が必要だったのだ。

圭子だけでは何も出来なかった。

圭子はあまりにも不完全だった。

全て範子が補ってくれていた。本当に圭子には範子が必要だったのだ。

だから願った。

あんな〈儀式〉をしてまで、圭子は願った。

あの人形、〝どうじさま〟に。


範子を返して下さいと。


「範ちゃん――――」

圭子はないまぜの感情で胸を一杯にして、範子へと手を伸ばした。

微笑みを浮かべて立つ範子は、そんな圭子に向けて、ゆっくりと手を差し出した。

「範ちゃん」

夢見心地で、その名を呼んだ。

「範ちゃん」

二人の手が近付いて行く。

指先が触れる。

「範ちゃん」

そして二人の手が、絡み合った。


「！」


その瞬間――――圭子の表情が歪み、尻餅を突くほどの勢いで、〝範子〟から手を引っ込めた。そして圭子はそのまま恐怖に引き攣った表情で、目を見開いて、そこに立つ〝範子〟を見上げた。

「な……うぁ……！」

圭子は目を見開き、震える声で、何かを言おうとした。

恐怖の表情をした圭子から見上げられる範子は、変わらずその顔に涼しげな笑みを浮かべ続けていた。

その微笑みにすら恐怖を抱きながら、圭子は必死で、範子の手に触れた右手を、ごしごしと地面の砂に擦《こす》り付ける。それは先程、範子の手に触れた時の、その〝手〟の感触を、消そうとしているのだった。

その感触は異常だった。

少なくとも人間のものでは無かった。

触れた範子の手は、まるで厚いゴム手袋のような感触だった。

冷たく湿って、骨の無い、まるで皮だけのように、薄っぺらい手だったのだ。

そのひしゃげた冷たい〝手〟を、摑んでしまったのだ。この手にひたりと絡み付く、薄っぺらい〝肉〟の感触。

気持ち悪い。

おぞましい。

まるで、水死体の手の皮が巻き付いたような感触。

その感触が異様に、ありありと、へばり付くように、手に残る。それがあまりにも気持ち悪かった。それが範子の手を取ったのだと思ったからこそ、範子の姿をしたモノの感触であったからこそ、なおさら気持ちが悪かった。なおさら耐える事ができなかった。


――――これは、範子じゃない。


圭子は地面に手を擦り付けながら、後ずさった。

目の前に居るものは、範子では無く、範子の形をした他の〝何か〟だった。

目を見開いてそれを見る。得体の知れない、範子の振りをした〝何か〟を。

圭子は気が付いた。目の前に立つ、微笑む範子の姿が、ひどく不自然で、薄っぺらく見える事に。

「…………」

恐る恐る、圭子は、少し視線を傾けた。

傾けて範子を見た。そうして見えたものは、騙《だま》し絵か何かのようだった。

範子はずっと正面を向いているのだが、その体は厚みの中ほどで、すっぱりと無くなっている。背中の部分が、切り落とされたように、存在していない。これが生きている人間である訳が無い。

それが範子の顔をして、澄まして立っている。

微笑んでいる。動いている。

「あ――」

圭子は震える声で、こう、言った。

「あなた――――誰?」

言った瞬間だった。

瞬間、範子の笑みが溶けるように崩れて、瞬時に形を失って、ひしゃげた人間大の白い肉塊と化したのだった。

「いやあああああああああ――――っ！」

圭子が絶叫した。

べしゃり、と濡れた音を立てて潰れた肉塊は、生地を延べ広げたような四肢を蠢《うごめ》かせて、地面をずるずると這《は》い回《まわ》った。この動くおぞましい死肉の塊を見て、圭子はその瞬間に、何もかもを思い出した。そう、思い出したのだ。〝これ〟が一体何なのかも、何故自分が〝ここ〟に居るのかも。

これは――圭子の部屋の、〝池〟と化した窓から侵入してきた肉塊だった。

そして圭子は、寮の自分の部屋から、ここに連れ去られて来たのだ。

思い出した。窓から侵入して来た、この〝肉塊〟から逃げようとした。

思い出した。腰の抜けた圭子が、這い回りながら、ドアに手を伸ばした。

思い出した。その時、突然ドアが開いたのだ。

そして、ドアを開けて現れた――――

「――――慌てる事はない」

それに、肩を摑まれた。

飛び上がった。文字通り心臓が止まりそうになった。

いつの間にか圭子の背後に居て、肩を摑み、覗き込んでいる少女。

そう。

この日下部稜子によって、圭子はここに連れ去られて来たのだった。

「…………!?」

驚く圭子が見上げる視界の中、稜子は黒い上着をマントのように羽織って立っていた。

その隣には武巳も居た。だが武巳は神妙な、しかしどこか落ち着かない表情をしていて、対する稜子は強烈な自信と意志に満ちた気配を発した、見た事も無いほどの傲然とした笑みを浮かべていた。

「案ずるな」

稜子は、圭子の知っている稜子とは思えない不敵な笑みを浮かべて、地面にへたり込む圭子を見下ろして言う。

その手に握られているのは大振りのナイフ。

あまりの事に、圭子はただ涙目で、口を開閉するだけ。

「あ……」

「そこから逃げるでないぞ。そも〝魔法円〟は精霊、悪魔、悪霊、有害なる魂の残滓《ざんし》など、霊的に危険なものから魔術師が身を守るために使われる」

ひどくしわがれた老人のような声で、稜子は圭子へとそう語りかけた。

「古来より〝魔法円〟の使い方は二つある。一つは中に『悪魔』を召還し、拘束する事。もう一つは魔術師が円の中に入り、外からの霊的攻撃を防ぐ事だ」

何が起こっているのか、言われているのか、もはや圭子には理解できなかった。

「人の魂も、邪悪に取り込まれれば有害なものになる。このような〝できそこない〟と化した者も、魔術師の意思を惑わす有害なものだ」

稜子は目の前の〝範子〟を指差す。範子の姿をしていた肉塊はなおもずるずると這い回っていたが、ある一定の線以上に圭子へと近付いて来る事は無かった。

「見るがいい。特に、これはそのために調整した特別製の〝円〟だ」

「………………!」

「この内に、この哀れな存在が入る事は叶《かな》わぬ」

そう言って、くくくと笑うと、稜子は左目だけをひどく顰めた異様な形の笑みをその顔に形作って、圭子を覗き込む。

その表情と目を見た瞬間、圭子は悟った。

これは、この人は、日下部稜子では無い。

稜子では無い、別のものだ。外側だけ精巧に似せた別のもの。そう、例えばこの――目の前を這う、おぞましい〝肉塊〟のように。

白い、ひしゃげた〝肉塊〟は、それ以上近付く事なく〝円〟の外を這っていた。

それは、著しく歪んだ見方をすれば、家を締め出された子供のようにも思えた。

あまりにも忌まわしい子供が、この〝円〟の中へ入ろうと脈動している。それを見る限り確かに、〝肉塊〟はこの中に入る事ができないようだった。

が、不意に、〝肉塊〟が顔を上げる。

「!!」

その顔を見た瞬間、圭子は口元を押さえた。

ぶよぶよの肉塊の胴体に、微笑を浮かべる範子の顔が張り付いていた。しかしその冒瀆《ぼうとく》的としか思えない範子の顔はすぐに保てなくなり、溶け崩れるようにして輪郭と造作が壊れ、また肉の塊となり、濡れた音を立てて地面に突っ伏した。

「…………！」

ひどい吐き気に襲われた。

これが、あのとき寮の部屋で見てしまったものだった。

窓から現れた〝肉塊〟が圭子の目の前で顔を上げた時、圭子は同じものを見たのだ。あまりにも奇形的で、冒瀆的なパフォーマンスを。おぞましい捕食者が、そのおぞましい肉体と精神をもって、人間に擦り寄ろうとする、忌むべき擬態のなりそこないを。

「…………うっ……！」

吐き気がした。圭子は目を逸らし、涙を浮かべて、歯を食いしばった。

気持ち悪くて、悔しくて、悲しくて、許せなくて、足元の砂を固く固く握り締めた。

視界の端で武巳が、目を逸らして、辛そうに申し訳なさそうに顔を歪めていた。稜子がそれらを見ながら、傲然と笑みを浮かべていた。

「〝これ〟が、許せんか？」

稜子は、そう言った。

「……………！」

圭子は返事もできずに、地面に座り込んで、涙を流していた。

「許せんだろうなあ。しかし〝これ〟は、お前が呼び込んだモノなのだ」

「っ！」

そんな事は判ってる。全部、自分が悪いのだ。知らなかった事とは言え、この世のものでは無い化け物を呼び出して、範子の代わりをさせようとした。それが、このような冒瀆を生み出した。

「いや、お前はきっと、勘違いしているのだろうな」

「……！」

しかし稜子は言う。圭子は無言で歯を食いしばる。

心にも無い慰めだろうか？　何も勘違いなど無い。

自分のせいだ。

「いや、きっと、勘違いしている」

そんな圭子の思いを否定して、繰り返して稜子は言う。

「大方、お前は〝これ〟を、水内範子に擬態した、縁もゆかりも無い化け物か何かだと思っておるのだろう？」

「……!?」

圭子の身に、震えが走った。

「それが、勘違いだ。それは擬態などでは無い」

どういう意味だろうか？

「勘違いなのだ。それが、お前の罪だ」

「…………！」

いや、気付いた。聞きたく無い。圭子は両手で耳を塞いだ。

「無駄だ。そして駄目だ。お前はこれを聞かなくてはならない」

耳を塞いだ指の間から、くぐもった稜子の声が聞こえて来る。圭子はさらに強く、耳を押さえる手に力を込めたが、少しも声を防ぐ役には立たなかった。聞きたく無い声が、言葉が、続けて圭子の耳に聞こえた。

「聞くがいい」

耳を塞ぐ。聞きたく無い。

「〝これ〟はな、確かに化け物だが、お前の思うようなものでは無い」

「…………！」

聞きたく無い。聞きたく無い。

「〝これ〟はな――

水内範子そのものだ」

「…………っ！」

聞きたく無い。涙を浮かべてかぶりを振る圭子。そんな圭子に向かって、稜子はいたぶるように言葉を続けた。

「これはな、今でこそこのような化け物だが、確かにここ〝異界〟に消えた、水内範子そのものの半身よ。〝鏡〟の中に消えた、水内範子の前半分だ。可哀想《かわいそう》になあ、このまま沈めて置けば、まだ幸せだったであろうに、お前が呼び戻してしまった。お前の弱さが、身勝手が、この娘をこのような姿で呼び寄せる事になってしまった」

「……やめて……」

喉の奥から、か細く圭子は声を漏らす。

「いいや、止めぬな。お前は、この娘に二重の咎《とが》がある。一つはこの娘を哀れにも呼び戻した事。もう一つは、呼び戻したこの娘を受け入れなかった事だ。

お前はただ〝怪異〟に怯え、この娘を〝拒否〟した。そして、どうした？　あろう事かこの娘を『誰？』と呼んだ。召還主であるお前がこの娘に形を与えてやらねばならぬのに、お前はその責を無知と臆病さによって放棄したのだ。その挙句がこれだ。見るがいいわ、この哀れな有様《ありさま》を！」

圭子はかぶりを振る。もう嫌だ。もう何も見たく無い。聞きたく無い。

「お前がやらぬなら、私がこの娘に形を与えてやろうか」

稜子は言う。

その言葉が終わらぬうちから、歪な肉の塊はずるずると形を変え、狂気の産物としか思えぬ変形を繰り返して人の形を模していった。

「ほれ、この通りだ。まあ半分しか無いのは仕方ない」

俯いた視界に靴を履いた足が見えたが、圭子はそれを見上げる事はできなかった。

後ろ半分が切り落とされたように存在しない〝それ〟を、とてもでは無いが直視する事などできなかった。

「……ほれ、ここからは、お前の番だ」

稜子の声が、言った。

「お前にはこの娘をどうにかする責がある。このまま責を放棄するのは、犬猫を捨てるよりも罪が重いぞ」

「…………」

圭子は必死で、かぶりを振る。

「この娘に形を与え、〝異界〟に溶けた体と人格を、お前が維持してやらねばならん。それがこの娘を呼び戻したお前の責務だ。さもなくばお前の大切な友人は、永劫《えいごう》に人と異形の狭間《はざま》で自らが何者かを曖昧にしながら苦しみ続ける事になる」

「………………！」

圭子はかぶりを振り続ける。

拒否する。拒絶する。そうしていると猫撫《ねこな》で声《ごえ》の老人のようであった稜子の声の質が、急に厳格としたものに変わった。

「できないのならば――――この、かつて友人であったものに、お前が引導を下してやらねばならん」

刹那、がつっ、と重い音を立てて、肉厚の大きなナイフが投げ付けられて、圭子の脚の間の地面に突き刺さった。

「ひっ……!!」

驚きと怯えで転倒した。恐怖で跳ねるようにして地面に転がり、涙を流して土を掴み、泣きじゃくりながら空気を求めて喘《あえ》いだ。

心臓が、肺が、痙攣《けいれん》しているように、苦しい。

緊張で息ができない。

立つ事もできない。

「蛞蝓《なめくじ》のように這い回るのは勝手だが、あまり魔法円を消すなよ」

そんな圭子に、稜子から嘲笑《あざわら》うような言葉が投げ付けられる。

「魔法円の外に出るのも止めた方がいい。この水内範子の〝できそこない〟はお前が喚んだものだ。もしも円の外周から一部でもその身が出れば、たちまち母を慕う子のようにまとわり付くぞ」

「…………っ!」

涙で歪んだ圭子の視界に、黒く地面に描かれた魔法円の外周と、砂と混じって一部が掠《かす》れてしまった複雑な文様が見えた。

「さあ、決めるのだ。お前が決めてやるのだ」

稜子が、逃げる事もできなくなった圭子に向けて、追い詰めるように言う。

圭子は、泣きながら地面に突っ伏して喘ぐ。

かぶりを振る。

嫌だ、できないと、かぶりを振る。

突如、怒号が響き渡った。


「決められんと言うのか!! 貴様には責任があるというのに!!」


恐ろしい声で怒鳴られて、圭子の体がびくん、と跳ねた。

もう悲鳴も出なかった。そして呼吸困難のせいで号泣にすらならない、今にも死にそうな泣き声が漏れた。

「…………………!!」

泣きじゃくる。

息ができない。

助けて。

誰か助けて――――――!

「――ああ、可哀想に」

「!?」

だが、そこにかけられた優しい声は、当の稜子のものだった。

稜子はたった今までの怒号が嘘であったかのように、圭子の前に跪き、泣きじゃくる圭子を優しく抱き締めて、顔を近付け囁いた。

「可哀想に。そうだな。辛いな。自分で何かを決めるのは」

「……ひっ……ひぐっ………」

「いいとも、人間とは弱いものだ。私が許してやる。お前は悪く無い」

囁く。突っ伏した圭子の髪を、撫でながら。圭子はその囁きに、優しい言葉に、温かさに、抵抗する事ができなかった。

「お前にとっては、この世界そのものが辛いのだな」

「……う………」

「可哀想に。お前は悪く無い。辛い思いをしている者が、悪い筈などあるものか」

「……う……ううっ……」

稜子は言う。優しく語りかけられるその言葉に、圭子は今までのものとは違う涙が、目から溢れ始めた。

「お前にとって、水内範子は姉も同然だったのだな」

「…………っ!」

「お前を支えてくれた、強く優しい姉だ」

圭子は泣きながら頷く。そうだ。姉のように思っていたのだ。お姉ちゃんのように。本当の家族のように。

「そして、大木《おおき》奈々美や赤名裕子《ゆうこ》も、お前を支えてくれたな」

「…………っ」

「同性の先輩として、お前を支えてくれたな。お前はたくさんの〝姉〟を持っていた、とても幸せな妹だ」

「…………う……」

「だが、みんな失ってしまった」

「……うう……」

「いちどきに優しい姉達を失った、可哀想な末の妹だ。本当に可哀想になあ。よく耐えた。さぞや辛かったろう」

「……うう……ううう……」

耐え切れず、号泣する。

「もういい。もう、辛い思いはしなくていい。私に任せなさい。お前の何もかもを引き受けてあげよう」

そう言うと、稜子は優しく、圭子の背中を叩いた。

そして――

「あのナイフを、取りなさい。そうすればお前の悩みも、痛みも、決断も行動も、何もかも私が引き受けよう。お前が何も苦しまなくていいようにしよう。だから――私を、受け入れるのだ」

そう囁いて、地面に突き刺さった大きなナイフの、黒々とした黒檀《こくたん》の柄を、その細い指で指差した。

「……ああ……」

圭子は、涙でぼやけた目で、その黒い柄を見詰めた。

胸が苦しくて、苦しくて、涙が後から後から溢《あふ》れ出《だ》した。

これさえ握れば何もかも楽になると、心の底からそう思った。そして圭子が縋るようにその黒い柄のナイフに手を伸ばした時――――

この世界の〝空気〟が、破裂した。

3

――――郷よ、郷よ、
夢の、郷よ、
旅の娘が帰ります。
雲遠く、肌近き地より、
夢の娘が帰ります。
彼方の地。その道程は一歩。
隣りの地。その道程は千里。
誰も越えられぬ境は、ただ一跨《ひとまた》ぎの畦《あぜ》。
誰も抜けられぬ塀は、ただ霞《かすみ》あるのみ。
郷よ、郷よ、

夢の、郷よ、
旅の娘が帰ります――――

空目が命じ、あやめが詠《うた》う、空気そのものに染み渡るような『詩』。

その〝凜《りん》〟とした声が世界に染み込み、震わせると、その刹那世界が融《と》け合って、あたかも景色が破裂するように反転した。

目の前にあった東屋が吹き消すように消え去り、酔うような一瞬の感覚が過ぎた。そして直後、空気の匂いが変わり――――その時俊也の目の前にあったのは、空を覆うほどの巨大な樹木と、幾度か見た赤い空の地、荒涼とした白い大地の世界だった。

そこまでは、覚悟していた。

「な………!」

だが、そこで俊也が驚愕したのは、東屋と入れ替わるようにして現れた、巨大な〝梨〟の樹だった。

かつてここに、俊也は〝来た〟事があるが、この樹は育っていた。

元より抜きん出て巨大だったこのねじくれた樹は、かつて見た時よりも大きく枝葉を増やしていて、赤い空の下でその存在を誇示するように、この〝裏〟の世界の空を覆い尽くさんばかりに膨れ上がっていたのだった。

もういかなる〝実〟も見えないほど、生い茂った葉の下。

その赤い木陰の下に、太く禍々《まがまが》しく捻じ曲がった幹が鎮座している。

世界を支えんばかりの、世界樹の梨の樹の下。

その根元に――――俊也達が探していた者達は、居た。


「…………！」


白く乾いた地面に、黒く大きな魔法円が描かれていた。

その忌まわしい図形の中に、圭子と、稜子と、そして、武巳の姿があった。

武巳は魔法円の中に立ち尽くし、這いつくばった圭子と、それに手を差し伸べている稜子の姿を見ている。

そして俊也達の存在に気付くと、気まずそうな表情で、目を逸らした。

「近藤……」

俊也は、呆然と呟いた。

何故こんな所に居るのか、そんな事は判らなかったが、とにかく俊也は稜子、いや、摩津方の元へ目を向けて――――そして摩津方が指し示す大振りのナイフへ圭子が縋り付こうとしているのを見て、反射的に駆け出していた。

何をしているのかなど判らないが、碌《ろく》でも無《な》い事であるのは明白だった。

俊也は、胸に刻んだ空目の言葉に従っていた。


『魔術師の言葉に耳を貸してはならない』


稜子の顔をした摩津方は、駆け寄る俊也には目も向けない。

俊也は突進し、このまま気絶するほどの打撃を見舞うか、それとも腕を取って拘束するかという一瞬の判断を下す。そしてそのまま肉薄したその時――――今まさに摩津方へ手が届こうとした瞬間、横合いから何者かに全体重をかけて飛び付かれて、バランスを崩して膝を突きかけた。

「な……！」

不意討ちだった。

摩津方へ全ての意識を集中していたその時、予想もしない位置から体当たりされたのだ。

予想していなかった。俊也の胴体に、必死でしがみ付いている相手の事を。俊也が前に進めないように、必死で妨害しようとしている、武巳の行動を。

「何してる！　離せ近藤！」

怒鳴り、引き剝がそうとする俊也。

取るに足らない力。だがそんな武巳は必死で抵抗して、叫び返した。

「……頼む！　お願いだから邪魔しないでくれ！」

取るに足らない相手の必死の抵抗に、手加減せざるを得ない俊也は、想定以上に引き剝がす事にてこずる。上着や腕を摑んでいる武巳の爪が肌に食い込んで、俊也は苛立たしさに、片目を顰める。

「くそっ、何のつもりだお前！」

武巳の顔を鷲摑《わしづか》みにした。

凄まじい腕力に、掌《てのひら》の向こうで武巳の表情が歪む。そんな状態で、しかし武巳はそれでも俊也に向かって叫ぶ。

「稜子を助けるためなんだ！　頼むから、あいつらの邪魔はしないでくれっ！」

「はぁ!?」

俊也は眉を寄せる。何を言ってるか判らない、揉《も》み合《あ》いながら視線を摩津方へ向けると、摩津方は、稜子の顔で、にいっ、と笑った。

細かい事は判らなかったが、一つだけ、理解した。

俊也は必死で伸ばされる武巳の腕をかい潜《くぐ》って、胸倉を摑むと、逆上寸前の大声で武巳を怒鳴り付けたのだった。

「お前————木村圭子を、あいつに売り渡したのかっ！」

怒号。

武巳は真正面から受け止めて、俊也を睨み付け、叫び返した。

「そうだよ！　他に————どうしろってんだよ！」

「あれが信用できるのかお前は！　騙されてるに決まってるだろうがっ！」

「知ってるよ！　そんなの、とっくに覚悟してる！」

怒鳴り散らす俊也。武巳は目に涙を浮かべて俊也に言い返す。

「そんな事、そんな事は判ってるよっ！　でもやるしかなかったんだ！　おれはただの凡人だから！　やったよ！　全部！　木村さんに自分が〝妹〟だと思わせる事を言ったり、小説だって言って〝奈良梨取考〟を貸したり！　やったのは全部おれだよ！　そうすりゃ稜子を放してくれるって言われたから、全部おれがやったんだ！」

「お前……っ！」

「夜中に木村さんを運び出すのも手伝った。稜子の中に〝あいつ〟が居る事も、知ってたけどずっと黙ってた。花壇の時から知ってたけど、口止めされて黙ってた。悪かったよ！　でも他にはどうにも出来なかったんだ！」

叫ぶ武巳。

「おれは超人じゃ無いんだ。村神や、陛下みたいな！　全員完璧に助けるなんて出来ないんだよ！　たくさん助けるために、少ない方を切り捨てるなんて事も出来ない！　たとえ騙されても、おれに出来るのはこんな取引くらいしかないんだっ！　目の前の小さな事しか出来ないんだ！　出来る事しか出来ないんだよ！　俺みたいな凡人には！」

「……ちっ！」

埒《らち》の明かない俊也は、両手で胸倉を掴み、武巳をそのまま持ち上げる。

武巳の足が、あっさりと地面から浮く。そのまま地面に投げ捨てようと思った瞬間、空目の声が制止した。

「……よせ、村神」

「何？」

「手遅れだ」

その言葉に俊也は慌てて、摩津方の方を振り返った。

「…………………………」

ゆっくりと。

ゆっくりと忌まわしい文様の描かれた魔法円の中で、圭子が立ち上がった。

深く俯いて立った圭子は片膝を突き、地面に突き立ったナイフに手を添えると、その切っ先を、大地からずるりと引き抜いた。

そして、そうやって圭子が立ち上がる代わりに、その背中に覆《おお》い被《かぶ》さるようにしていた稜子が、ずるずると滑り落ちて、地面へと倒れ込む。圭子はその稜子の背中に悠然と片手を伸ばすと、羽織っていた黒いコートを剝ぎ取って、自らの身にマントのように羽織った。

「ふ……」

そして黒檀の柄でこしらえた〝魔女の短剣〟を、頭上にかざす。

そのまま目を閉じ、空を仰ぎ、静かに振動させるように、口から言葉を紡ぎ出した。

「――――我、小崎摩津方の名に於《お》いて、我が全知と全能の実を我が〝樹〟より継承する」

流れるように唱える。

「聖なる末子に知恵の実を。かくあれかし」

そして圭子は――――あの左目だけをひどく顰めた奇怪に歪んだ笑みを浮かべ、静かに、傲然と立って、俊也達を見据えたのだった。

「小崎、摩津方……！」

俊也はその姿を見て、喉の奥で呻く。

「……くそ！」

毒づいて持ち上げていた武巳を突き放すと、よろめきながら地面に降りた武巳は、威嚇する猫のように俊也から距離を取って、摩津方の足元に眠る稜子の元へ駆け寄った。

空目はそれらの光景を、無言で、無表情に見ていた。

そしてしばしの沈黙の後——静かに、この静寂の中で口を開いた。

「なるほどな。俺としては納得がいった」

「ほう？」

空目の言葉に、摩津方は面白そうに言った。

「何がだ？」

「木村圭子が消えた事だ。お前だったんだな。納得した。〝魔女〟の手によるものとは考えられなかった」

「なるほど」

圭子の顔を老獪《ろうかい》に歪めて、前髪の向こうから値踏みするような目を空目に向ける。

「折角、あの〝高等祭司《ハイ・プリースト》〟とやらの宣戦布告に便乗してみたのだがね。疑っていたか。だがそこまで判っていて何故、私だとは思わなかった？」

摩津方は問う。

「まさか、私の存在に気付いていなかったかね？」

「いや」

空目は首を横に振る。

「気付いてはいた。だが、木村圭子の乗っ取りを図る事が想定外だった」

「そうだろうな」

くく、と摩津方は笑う。

「どうして木村圭子を？　日下部の方が素質があったろう」

「貴様には解らんよ。答える気も無い。だが一つ私から質問をしてもいいかね？」

「……」

無言の空目に、摩津方は訊ねた。

「何故、日下部稜子の中で私が蘇った事に気付いていて、私を放置した？」

その問いに空目は、あっさりとした口調で意外な答えを返した。

「〝魔女〟に狙われている現状で、お前の存在は比較的安全な場所だったからだ。お前は宿主である日下部の事は守るだろうと踏んでいた」

「はっ、やはりか」

くくっ、と楽しそうに、しかし陰鬱に摩津方は笑った。

「どうも、そんな気はしておったのよ。まあ、私もそれを利用させてもらって、大人しくしていたのだがね」

空目は無言だ。摩津方は言う。

「だが、こうなってしまっては、当てが外れたなあ」

「……そうだな」

短く答える空目。

「どうする？」

「何もしない。そうなった場合は、そうなった場合だ」

「ふん」

摩津方が鼻を鳴らす。

「詰まらん小僧だ。まあ良《い》い。これで少しは私も面白くなる」

そして摩津方は、不意に〝魔女の短剣《アセイミ》〟を高々と掲げると、空目との間にある空間を切り裂くように、大きく振り下ろした。

「！」

その刹那、弾けるような風がその場に吹き荒れた。

風が砂を巻き上げ、木々を鳴らし、空気の匂いを一掃した。

そして俊也達の一瞬の瞬きの間に、周囲には曇った空と、複雑な匂いを孕んだ現実の空気が戻っていた。巨木は消え去り、そこには東屋だけが建っていた。そして圭子——摩津方の姿は、そこには無くなっていた。

「…………………」

後には空目とあやめ、そして服を乱した俊也と、武巳と稜子の姿があった。
武巳は膝を突き、稜子の上体を抱きかかえ、目を閉じた稜子の顔を、時折その名前を呼びながら覗き込んでいた。

「稜子……」
皆はそれを遠巻きに眺め、沈黙が場に降りていた。
そんなしばしの時の後、稜子の瞼《まぶた》が少し、動いた。

「稜子……！」

「……ん……………武巳、クン？」
稜子が、目を開ける。そして周りを見回し、自分の状況を把握すると、何が起こっているのか判らない様子で、声を上げた。

「あ……やだ……何？ わたし、どうかしたの？」
稜子は慌てて、武巳の腕の中から立ち上がった。

「わ、わ、魔王様も、村神クンも、どうしたの？　わたし、何かした？」

混乱して何度も自分の身と、周りを交互に見回す稜子。そして説明を求めるように、いつもの調子で、空目の方へ歩み寄ろうとした。

そんな稜子の腕を、武巳が摑んだ。

「えっ……？　え、何？」

「……行こう」

武巳は沈んだ声で、それだけ稜子に言った。

「え……？　えーと……」

稜子は武巳の背中と、そして俊也達の顔とを何度か見比べながら、困惑した顔で、武巳に手を引かれて校舎の方へと消えて行った。

後には、俊也達の沈黙が残った。

「…………」

あやめが何とも言えない悲しげな表情で、武巳達が消えて行った方向を見ていた。

空目はしばらく無表情に、僅かに視線を落としていた。

やがて、

「行くか」

と俊也に声をかけた。

そして空目と俊也がそこから立ち去った後には——空目の見詰めていた先の地面に、青白い色をした消しゴム人形が、地面に突き刺さった刃物の痕によって胴体を両断されて、寂しく不気味に転がっていた。

…………

間章（三）　二人への呼び声

重く激しい憤懣《ふんまん》を抱えて――――否、その実は悄然《しょうぜん》と言うべき状態の俊也達が、文芸部部室に戻ると、そこには既に亜紀が戻っていた。

亜紀は何枚かのタオルを持って、自分の髪と服を拭いていた。一番上の服を脱ぎ、それがハンガーで壁に掛けてあったが、それは色が変わるほど水で濡れていて、まだ着ているその下の服も、大して変わらない状態になっていた。

タオルのうち一枚を肩にかけて、椅子に座って寒そうにしている。

俊也達が来た事に気付くと、顔を上げて、声をかけようとするが、一度くしゃみをする。

…………

＊

「……ごめん、恭の字。何も出来なかった」

亜紀は最初に、不機嫌を抑え付けたような表情で、そう言った。

圭子の部屋で、摩津方に〝魔女の短剣〟を突き付けられ、その後に意識を失った亜紀は、気付いた時には水浸しの床に昏倒《こんとう》していたという。

「稜子は……どうなったの？」

自分の状況を説明し終えると、亜紀は次にそう、空目に訊いた。

空目が今まであった事を説明すると、亜紀は、

「……そう、無事なんだね。良かった」

と、それだけ言って、沈黙した。

「…………」

「…………」

部屋に、疲れたような沈黙と溜息が落ちた。

実際、ひどく疲れていた。

俊也は無言で、あのとき武巳の叫んだ言葉を心の中で反芻していた。あの武巳が叫んだ言葉

に、俊也は反論の言葉が思い付かなかったのだ。

『たとえ騙されても、おれにできるのはこんな取引くらいしかないんだっ！』

その、武巳の叫び。

俊也はあの時、武巳に負けていた。

武巳など問題にならない能力を持ち、しかし全ての妥協を拒否して、何もかも守ろうとした俊也は、その結果、何一つ守る事ができなかった。それに対してあまりにも脆弱《ぜいじゃく》な武巳は、妥協し、さらには内通までして、しかし他の全てを諦めた結果として、たった一人、稜子だけを確かに助け出す事に成功していた。

立ち去る武巳に、声がかけられなかった。

いや、初めから何かを言うつもりも無かったのだが、仮にあの時、何を言えただろうと考えても、何一つ思い付かなかった。

自分は超人じゃないと武巳は叫んだが、俊也はどうだ。

自分は凡人だと叫んだ武巳に、俊也は結果が及んでいない。圧倒的に強靭《きょうじん》な心身を持ちながら、惑い、自分の為すべき事を見失っていた俊也は、心も体も弱い武巳に、覚悟までもが及んでいなかった。

まるで体格の違う俊也に、必死で食らい付いて来た武巳。

凄まじい覚悟が、あの時の武巳にはあった。愚かとも言える覚悟だった。

俊也は、自分について、長い時間をかけて覚悟を固めたつもりでいた。だがあの武巳の覚悟に、及ばなかった。

自分のやっている事を理解していない、愚かしい覚悟だ。

だがそんな愚者の無明の中で、たった一つだけを見詰めて、他の全てを投げ打とうとした覚悟の行動。

戦う力を持ち、それを自認する俊也には、永遠にできない覚悟。

戦う力を持ち、それ故に戦う事しかできない俊也には、永遠に至れない弱者の境地。それに負けた。俊也は沈黙する。


「…………」


重い沈黙が、続いた。

全ての出来事を聞いた後、ただ黙って自分の服を乾かしていた亜紀が、不意にぽつりと、小さく口を開いた。

「あの二人――――もうここには、来ないかも知れないね」

呟き。

「……ああ」

俊也も呟くように、小さく答えた。

＊

…………

誰も居ない、未使用の教室に二人。

武巳と稜子は、並んで席に着いていた。がらんとした教室の真ん中に、たった二人。横に並んで座り、視線も交わさずに、机に肘を突いて顎を乗せ、ただ何も書いていない黒板の方を見ながら、武巳と稜子は静かな声で話をしていた。

主に話しているのは武巳だった。

武巳は口の端を切った血の汚れもそのままに、服も摑《つか》み合《あ》いの跡もそのままに、淡々と喋《しゃべ》り続けている。

稜子はそんな武巳の話を聞きながら、ただ相槌《あいづち》を打っている。

正面を向いたまま、しかしどこか神妙な顔で、ひたすら静かに続く武巳の話に、ひたすら静かに相槌を打っている。

「――なあ、今までの事、覚えてるか？」


そんな言葉から、この長い武巳の話は、始まっていた。

稜子はあの花壇からの事を全く覚えていなかった。その答えを聞いた武巳は、花壇以降、その間にあった事を、淡々と、こうして話し続けていた。

今まで何があったのか。何を見たのか。何を思ったのか。

武巳は話し続けていた。稜子に向けて話すそれは、武巳にとって自らの武勇伝では無く、稜子に売ろうとしている恩でも無く、懺悔《ざんげ》だった。

武巳は話した。


あの花壇で、摩津方に囁かれた事を。摩津方に協力し、圭子を売った事を。

その結果、俊也と取っ組み合った事を。全く歯が立たなかった事を。

自分は、空目や俊也とは違うのだと思った事を。

自分は弱者で、凡人である事を。

何度も怖いと思った事を。

卑怯《ひきょう》な行いに手を染めた事を。皆を裏切った事を。

でもそうするしか無かった事を。

そして多分、これからもそうしなければならない事を。

そして——それでも稜子を助けようと、守ろうと、思った事を。

全て話した。要領を得ない武巳の話は、長く長く続いた。

その長い長い話を、稜子はずっと、辛抱強く聞き続けた。

授業が始まり、終わり、また始まる。そして今日一日の全ての授業が終わっても、まだ武巳の話は続いた。

外の日が落ちて、曇り空が早めの夜を運んで来る。

電灯を点けていない暗い空き教室で、武巳の話は続いた。

そしてもう少しの、時間が経った頃。ほとんど真っ暗になった教室で、武巳の話は、ようやく、終わった。

「……そっか」

稜子は武巳の長い話に、一言だけの短い感想を言うと、それきり何も言わなかった。

「…………」

静かな教室に二人が並んで座り、暗闇の中に、二人の沈黙が落ちた。

だが、それは言葉が見付からない気まずい沈黙では無く、もっと暖かい、言葉の要らない沈黙だった。二人は黙っていたが、そこには無言の言葉があった。すぐ近くに互いの体温を感じながら、武巳と稜子は黙っていた。

「…………」

沈黙は、続いた。

それ以上のものは、今の二人の間には必要なかった。

だが、武巳はこの時、最後に言葉が必要だと思っていた。

もちろん必要は無い。無いのだが——それでもどうしてもここで、言葉にしておきたいものがあったのだ。

あの時に、武巳は決めていた。

これだけは言おうと。言葉にして伝えようと。

宿題があった。
最初の摩津方の事件の時に、先送りにしてしまった回答が。
あの時の、答えが。

「――稜子」

武巳は、ぽつりと稜子を呼んだ。

「えっ？」

稜子が、返事をした。

「多分、おれさ……」

武巳は言う。

「稜子の事、好きだ」

沈黙。

「…………」

互いの顔を見ない暗闇の中で、今までとは別の沈黙が降りた。
互いのゆっくりとした呼吸の音だけが、暗闇の、空っぽに教室の中に流れていた。
ひどく長く感じる、沈黙が続いた。
そしてしばしの後——

「——うん」

小さな稜子の答えがして。
稜子の手が武巳の手を握り、そのまま再び、ささやかな無言の時が流れた。

＜初出＞
本書は2004年1月、電撃文庫より刊行された『Missing10　続・座敷童の物語』を加筆・修正したものです。

メディアワークス文庫

Missing《ミッシング》10

座敷童《ざしきわらし》の物語《ものがたり》〈中《ちゅう》〉

甲田学人《こうだがくと》

2022年3月25日　初版発行
2024年12月5日　再版発行

発行者　山下直久
発行　株式会社KADOKAWA
〒102-8177　東京都千代田区富士見2-13-3
0570-002-301（ナビダイヤル）
装丁者　渡辺宏一（有限会社ニイナナニイゴオ）
印刷　株式会社KADOKAWA
製本　株式会社KADOKAWA

Printed in Japan
ISBN978-4-04-914362-1 C0193

メディアワークス文庫　https://mwbunko.com/

本書に対するご意見、ご感想をお寄せください。

あて先
〒102-8177　東京都千代田区富士見2-13-3
メディアワークス文庫編集部
「甲田学人先生」係